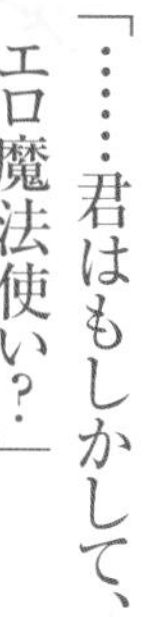

使い？
ロ魔法って？」

一ノ瀬隼平
いちのせ・じゅんぺい

適正のある魔法系統が不明で、
落ちこぼれていた少年。
メリルに魔王の転生体だと教えられ、
自らの適正がエロ魔法だと知る。
魔王の力を正しいことに使おうと
努力する。

メリル
Meryl

自称666歳で
世界を旅する放浪の魔法使い。
世界中に散らばった『支配の指輪』という
凶悪アイテムを探し、破壊している。
隼平のエロ魔法が指輪探しに必要で、
猛烈にアピールしてくる。

プリンセスドレス
『メリルは着る服によって使える魔法の系統が変わるスタイルなの』
チャイナドレス
『メリルパンチ!』
バニーガール
『魔法で電波ジャックしました!』
メリル六変化!!

「結界系の魔法が使えるようになるんだ」
悪の女幹部
『もう逃げられないよ？』
『今は忍者モードで忍んでるから平気平気』
巫女装束
忍者装束

魔法が発動し、ソニアの着ている服が下着もろとも全部弾け飛んだ。
ソニアの裸は想像以上に美しかった。
『きゃ、きゃあああっ！』
ソニア・ライトフェロー
—Sonia Lightfellow—
魔王を討ち滅ぼした勇者の末裔。
プライドが高く、
正義感も強いお嬢様だが、
隼平のエロ魔法による攻めには
弱い一面を持つ。

エロティカル・ウィザードと12人の花嫁 1

太陽ひかる

HJ文庫
864

口絵・本文イラスト　真早

CONTENTS

Erotical Wizard with Twelve Brides

第一話 魔法学校の落ちこぼれ

うんと小さいころ、魔法使いに憧れたことを憶えている。だがどうやら自分は魔法使いにはなれないらしい。それが幼心に納得できなくて、どうして、と唇を尖らせて訊ねると、父は朗らかに笑って云った。

「魔法使いの才能って云うのはね、血筋で決まるんだよ。魔法は遺伝なのさ。でも父さんと母さんは魔法使いじゃない。だから父さんと母さんの子供である隼平にも、魔法使いの才能はないってこと。残念でした」

そのとき隼平は大層落ち込んだものだが、しかしそれからしばらくして幼稚園を訪れた魔法使いにこう云われた。君は魔法使いです、と。

◇

西暦二〇XX年七月某日初夏、東京都内の一角に一つの学校があった。

国立魔法学校東京校。その名の通り、魔法使いのための学校である。

魔法学校は日本各地にあるが、規模としてはこの東京校がもっとも大きい。初等部、中等部、高等部に加え、日本で唯一の魔法大学があり、そこに進学してくる若き魔法使いが全国から集まってくるため、東京校は魔法使いのための学生街となっている。

そんな魔法学校の高等部、その敷地の片隅に、カトリック教会堂のような佇まいの小さな建物があった。二階建てでなかなか雰囲気のある外観をしているが、実のところただの物置である。授業で使わなくなった古い魔法の道具の数々が片づけられている場所で、校舎を含むどの施設からも離れており、滅多に人がやって来ない。

その物置の裏手の、建物と外塀に挟まれた細い隙間のような空間に、一ノ瀬隼平は座り込んでいた。

――静かだ。

ここはずっと日陰になっていて、夏の暑熱が嘘のようにひんやりとしており、校庭に出ればうるさいほどの蝉時雨も、どこか遠い世界のことのように小さく聞こえる。

「早く授業、終わらないかな……」

そうぼやく隼平は黒髪に黒い目をした東洋系の少年である。高校一年生で五月生まれの十六歳。髪型はこれといって特徴のない短髪で、顔はそれなりに整っていた。身長一七五センチ、体は腕に静脈の筋が浮かぶ程度、腹筋がうっすらと割れている程度には鍛えている。それが今は魔法学校の制服に袖を通していた。つまり白と黒がバランスよく配色された夏用のシャツにズボン、シューズという姿である。

　隼平は物置の壁に後頭部をこつんとぶつけて、塀と壁に挟まれた夏空を見上げた。するとどうだろう、まるで自分が谷底にいるように思えてくるではないか。一生ここから這い上がれないような、見上げることしかできないような、そんな気持ちで隼平は云った。

「一生魔法、使えないのかな」

　そのとき、なにかが外塀から物置の屋根の上に飛び移るのが見えた。野良猫にしては大きかったように思う。なんだろうと思って息をひそめていると、ガラスの靴を履いた足が屋根からぶら下がってきて、隼平はぎょっとした。マジでなにこれ、と声に出さずに呟いたところへ、今度は女の声が降るように聞こえてくる。英語だ。日本語に慣れた耳ではよく聞き取れなかったが、なにやらぼやいているようである。

　――なるほど、だんだんわかってきたぞ。

　どうやら物置の屋根の上に誰かが飛び乗り、その誰かは今、屋根の縁に腰かけて足をぶらぶらさせながら、独り言を云っているのだ。そしてその足がちょうど、隼平の真上というわけである。状況を理解した隼平は、きらきら光るガラスの靴を見ながら思った。

——どこのトンチキだよ。こんな踵の高い、キラッキラの靴履いて屋根に上ってる奴は？

向こうは英語で独り言をつぶやいており、どこか呑気そうで、どうやらまだ隼平には気づいていない。隼平は物置と外塀のあいだに埋もれるように座り込んでいたから、見落としたのであろう。だからこのまま息を潜めて関わらない手もあったのだが、このときは好奇心の方が勝った。この女がどんな顔をしているのか、見てやりたくなった。

だがどうやって引きずり下ろそうか。さすがに二階の屋根に座っているのでは、力いっぱい跳んだところで、手が届くどころか指もかからないだろう。ならばどうするか？

——魔法で捕まえるしかないな。って、どうせ上手くいかないんだろうけど。でももしかしたら、これがきっかけで俺の魔法の正体がわかるかもしれない。

隼平はそんな淡い夢を見ながら、音を立てずに立ち上がると、魔法学校で教わった通りに魔力を高め、屋根の上の女を捕まえるイメージを描き起こしてみた。いきなり魔法を仕掛けるなど乱暴かもしれないが、この女は学校の塀を乗り越えて入ってきたのである。

——どこのどいつか知らないが、不審な行動を取ってるおまえが悪い！

隼平はそう自分に云い訳をつけると、空に向かって叫び声を放った。

「なんでもいいから、奇跡よ起これ！」

一瞬、なにかの魔法的感覚が湧きおこったが、気のせいだったのか、特に変化は起きなかった。ただ魔法は発動せずとも、突然大声がしたら、人間は誰だって驚く。

「ひえっ！」

屋根の上の女が飛び上がるように腰を浮かせ、そして屋根の端からずり落ちた。

「あ、やばい！」

このままだと怪我をする。自分のせいだと思って焦った隼平は、無我夢中で女を受け止めようとして顔面に衝撃を受け、仰向けにひっくり返った。背中に地面の硬さと冷たさを感じる一方、顔に柔らかいものが乗っていて息ができない。目の前が暗い。

――なんだ、なにがどうなった？　柔らかい？　いいにおいがする？　なにこれ？

隼平が混乱しながらそう思ったときだった。

「やん！」

そんな声とともに顔にかかる柔らかい圧力が消えて、視界が開けた。先ほど見上げた、塀と壁に挟まれた夏空だ。その空と隼平のあいだに割り込むようにして、銀髪に紫の目をした白人の美少女が顔を覗かせた。

「えっちー」

「……え？」

隼平はわけがわからず、目をぱちくりさせた。少女は顔を赤らめたまま、自分のお尻を両手でそっと押さえている。仰向けに横たわったままその姿を見た隼平は押し黙った。尋常でなく美しいというのも理由の一つだけれど、それよりなにより、装いがおかしい。

「ド、ドレス？」

そう、少女はまるで絵本のなかのお姫様が着るような、ピンク色のドレス姿であった。ダイヤモンドの飾られた宝冠までつけている。身長は一六〇センチに満たないくらいで、銀色の髪を長く伸ばしており、瞳は神秘的な紫色をしていた。胸乳の張りはかなりのものがあり、踵の高い靴はガラス細工のようである。

なぜこんな美少女が、こんなドレス姿で真夏の昼間に魔法学校高等部の物置の屋根に飛び乗っていたのか。そして先ほどの柔らかな感触はいったいなんだったのか。

「会ったばかりの女の子のお尻に顔を埋めるなんて、君はとってもえっちなんだね」

とろけるように甘い声でそうはっきり云われて、隼平は羞恥に顔を灼かれた。

「おまえの尻だったのかよ！」

隼平はそう叫びながら勢いよく立ち上がった。そうすることで自分の狼狽をごまかそうとしていたのだが、顔はまだ熱い。隼平は急いで話題を変えようと急いで云う。

「わ、わざとじゃないぞ！　おまえが外から入ってきて、頭の上で英語でぶつぶつ云ってるから。物置の屋根とか、のぼるところじゃないし。だから俺は魔法を使って……」

動揺のせいか、話が上手くつながらない。それに魔法は失敗した。少女が屋根から転落したのは隼平の魔法のせいではなく、隼平の声に驚いたからなのだ。

考えがそこに至ると、隼平は急に冷静になって少女をじっと見つめた。

「ところでおまえ、最初は英語だったのに、今は日本語を話してるよな」

「だって君は日本人でしょ？　だったらメリル、それに合わせるよ。語学堪能だもん」

「……メリル？」

そう呟いた隼平の前で、少女は両手を頭の横に持ってきて指をいっぱいに開き、満面の笑みを見せた。

「そう、初めまして！　メリルはメリルだよ！　よろしくメリル！」

「お、おう」

完全に調子を崩された隼平だったが、メリルの明るい笑顔を見ていると、不思議とこちらまで笑み崩れてきてしまう。

悪いやつではなさそうだ、と思いながら、隼平は胸に手をあてて云った。

「すまなかったな。ちょっと怪しかったから魔法で捕まえてみようとしたんだけど、失敗したみたいだ。屋根から落ちたのは、俺の声に驚いたからだろう？」

「えっ？　うん、まあ……そうだね」

「やっぱりな」

隼平は苦笑いを浮かべると続けて訊ねた。

「怪我、なかったか？」

「平気！　だってメリルは丈夫だから！」

「そうか、ならよかった」

するとメリルは両手をペンギンのようにし、小首を傾げて隼平を見上げてきた。

「君、この学校の生徒？　名前は？」

「隼平。魔法学校東京校高等部一年、一ノ瀬隼平だ」

そう素直に名乗った隼平を、無邪気な瞳で見ながらメリルは云う。

「隼平はこんなところでなにしてるの？　今は平日で授業中だよね？」

「う……」

隼平は咄嗟に目を逸らした。実は隼平の方こそ、後ろめたいところがあったのだ。

「ねえねえ、隼平ってば」

メリルは両手で隼平の体を軽く揺すってきた。出会ったばかりなのに妙になれなれしい。

そう心で毒づきながら、隼平は目を伏せたまま吐き捨てるように云った。

「……俺は、さぼりだよ」

午後の授業を抜け出して人目につかない物置の裏で時間を潰している。それだけのことだったが、メリルはなおも食い下がってくる。

「なんで?」

「なんでって……喧嘩したから」

「喧嘩? 喧嘩したら授業をさぼるの? なんで?」

「……くそ」

なんでなんでとしきりに尋ねてくる様は、まるで子供のようである。だが不思議と腹は立たなかった。ひょっとしたら、誰かに聞いてもらいたかったのかもしれない。そんな自分の心の傾きを自覚しての『……くそ』である。

——でもまあ、いいか。どうせこれっきり二度と会わないやつだ。ちょっとくらい泣き言を云っても、なかったことにしてしまえばいい。

隼平はそう割り切ると、観念したように話し始めた。

「俺、落ちこぼれなんだ。魔法使いだからこの学校に通わされてるけど、魔法、全然コントロールできなくてさ。ペーパーテストはともかく、実技の方はさっぱりでな。なにをやっても不発、あるいは暴発。たとえば以前、物体を浮かす魔法をやろうとしたらペアを組んだ女の子に金縛りの魔法をかけちゃってさ……悪いことしたよ」

「ふーん、でもそれって前の話だよね？　今日はどうしたの？」

「今日は実習でさ、ペアになった女の子と魔法の波動干渉をしてお互いの魔力を読むってのやってたんだけど、どういうわけか女の子の頭上から水が落ちてきて……」

「あらら」

「そうしたら、その子の彼氏が怒ってな。まあ濡れたせいで下着とか透けちゃってたから無理もないけど、俺だってわざとやったわけじゃないんだ。でも罵られて……」

「それで飛び出してきちゃったの？」

「ああ、ただでさえ落ちこぼれなのに、とうとう授業までさぼっちまった」

「そうなんだ。なるほどな。誰もいないと思ってたから、メリルびっくり」

と、メリルは両手で自分の頬を思い切り挟んだ。その潰れた顔を見ながら隼平が云う。

「ところでおまえ何年生だ？　この学校には留学生も何人かいるけど、おまえみたいなのがいるなんて聞いたことないぞ」

「ん？　メリル、この学校の生徒じゃないよ？　世界を旅する放浪の魔法使いなの！」

「えっ、じゃあゲスト？　なんかの特別講義で招かれたとか？」

「ううん、違うよ。メリル、呼ばれてないもん。勝手に来たの」

「勝手に来たって……」

その意味を理解し、隼平は思わず一歩後ずさった。

「ええっ、ガチの部外者かよ！　えっ、なんで？　この物置になんか用か？　ここにはがらくたしかないぞ？」

するとメリルはチッチと舌を鳴らして隼平に右手の人差し指を振った。

「がらくたかどうかはメリルが決めるんだよ」

そんなメリルを見下ろしながら、隼平は必死に頭を巡らした。要するにメリルとは、身元不明の魔法使いで、学校の敷地に不正に立ち入った部外者ではないか。それがどういうわけか、この物置に狙いをつけている。

「……まさか、おまえ、泥棒？」

「違うよ。メリルはね、あるものを壊すためにやってきたの。盗みにじゃないよ。間違えないでね？　まあまだ本当にこの物置のなかにあるかどうかは、わからないんだけど」

「破壊目的って……つまり犯罪者じゃねえか！」

隼平は思わずそう声をあげたが、午後の授業中、人目につかない校舎外れの建物の陰とあっては、来てくれる者など誰もいない。見つけてしまった隼平が対処をせねばならぬ。

――くそ、関わりたくない。関わりたくないが、ここで見て見ぬふりをした場合、こいつが問題を起こしたあと、どうして見過ごしたのだと俺が咎められる。

無論、魔法使いとはいえ一介の学生でしかない隼平に、犯罪者をその場で取り押さえるようなことまで要求する法はない。だが最低限、通報義務というものが発生する。

隼平は一つ大きく息を吸うと、まなじりを決してメリルに云った。

「あのな、メリル。入っちゃいけないところに入り、そこにあるものを壊そうとする。それは犯罪だ」

「そうだね」

その悪びれたところのない物云いに、隼平はずり落ちそうになった。

「そうだねって、おまえなあ！　おまえのやろうとしていることは悪いことなんだぞ！」

「ううん、違うよ。メリルは正しいことをしているよ」

その澄み切った声に、正直なところ隼平はちょっと心を動かされた。

——もしかしたら、法律とは別に、なにか正当な理由があるのかもしれない。

だがそんな理由を知りたいとは思わなかった。下手に首を突っ込んで泥沼藪蛇の類となるのは厭だったのだ。隼平はメリルにもなんらかの事情があるのだろうという可能性に蓋をすると、融通の利かない頑固者の顔をしてズボンのポケットから携帯デバイスを出した。それをメリルに見せながら、噛んで含めるように云う。

「いいか、メリル。今すぐ回れ右してこの学校から出ていくんだ。そうすれば俺もなにも見なかったことにしてやる。しかし出ていかないなら、俺はレッドハート・ブレイブに通報させてもらうぞ」

「え、レッドハート・ブレイブ？　なにそれ？」

「一言で云えばうちの学校の生徒会。だけど同時に風紀委員でもあり、自警団でもあり、ボランティア団体でもある」

「生徒会がボランティア？　どういうこと？　もうちょっと詳しく教えてほしいメリル」

　メリルにそう乞われた隼平は、頭を掻き掻き、考えを纏めて話し始めた。

「……魔法使いってのはさ、強い力を持っているけど少数派じゃないか。この世界には、非魔法使いの人の方が圧倒的に多い。だから自然と軋轢ってものが生まれるだろう？」

「そうだね。いろんな国のいろんな時代で、魔法使いは魔法使いじゃない人たちにひどいことといっぱいされたり、逆に魔法使いがその力で魔法を持たない人たちにひどいことしたりしてたっていうことは、隼平も歴史の授業で習ったから知ってるよね」

「おう。だが幸い、今の時代はその辺の折り合いを上手くつけられている。だがいつどうなるかわからない。そこで非魔法使いの皆さんに、魔法使いの有用性を示して印象をよくしようってコンセプトで設立されたのがレッドハート・ブレイブだ」

　つまりレッドハート・ブレイブとは、魔法学校の生徒会であると同時に、社会奉仕団体でもあるのだ。その活動内容は警備、レスキュー、被災地救援、問題のある魔法使いの取り締まりなど多岐にわたり、魔法を使った犯罪行為にかかわる場合は警察と連携することもある。生徒会業務はむしろおまけで、学外での社会貢献活動をなにより重んじていた。

ゆえにレッドハート・ブレイブへの参加を許されるのは、成績優秀かつ品行方正なエリート生徒たちに限られる。しかも強制ではなく志願でなくてはならない。

「俺のような落ちこぼれじゃ絶対なれない、エリート集団さ。学内でなにかトラブルが起きた場合は、まずそいつらに通報することになってるんだ」

学生の問題は学生が解決する、というのがその理念である。

「だいたいの問題はなんとかしちまうエリートたちだが、もし自分たちじゃ手に負えないと判断したら警察に通報することもある。その場合は警察の魔法犯罪捜査課が出てくるし、おまえのやらかすことの規模によっては、魔導機動隊が動くこともありうるんだ。そんなことになったら厭だろう？　だから今なら目を瞑ってやるから、頼むから帰れよ」

「うん、わかった。じゃあ隼平はレッドハート・ブレイブっていうのにメリルのこと通報してていいよ。そのあいだにメリルやっちゃうから」

「全然わかってねえ！」

そんな隼平の心からの叫びを完全に無視したメリルは、隼平の横を身軽にすり抜けると物置の陰から陽ざかりの庭へ飛び出していった。

「くそっ、待てって！」

隼平はやむなくメリルを追いかけ、夏の陽射しと熱気のなかを走り、物置の正面に回った。そのときにはもう、とざされた鉄扉の前に立っていたメリルが身構えていた。

「メリルパンチ！」

次の瞬間、物置の入口である鉄扉がぶち破られた。

「うっそお」

魔法で拳を強化したのだろうが、ドレス姿の美少女がパンチ一発で鉄の扉を破る姿はなんとも云えないものがある。

「イエイ、開いた！　メリル偉い！　メリル一番！」

そう云ってメリルはうきうきと物置のなかに入っていく。その場に取り残された隼平は唖然茫然、いっそこのまま暑さで溶けてしまいたかったが、そうも云っていられない。

「通報、しないと……」

面倒この上なかったが、事実として学内の施設が侵入者に破壊されたのだ。これを目撃しておきながら知らんぷりを決め込んだのでは、のちのち隼平自身が咎められる。

――なんでこうなるの。

隼平はそう嘆きながら、携帯デバイスでレッドハート・ブレイブの窓口に電話をかけた。

……。

「状況、理解しました。授業中ですが、すぐに人員を向かわせます。あなたは避難してください。くれぐれも不審者を一人で取り押さえようなどとは思わないように」

「はい、わかりました」

そんな忠告をされなくとも、もとより危ない橋を渡る気などない。ただメリルのことは気になったので、隼平は通話を終えると、避難する前に物置のなかを覗き込んだ。

そこは埃っぽい倉庫のようなところで、壁に設置された棚に物が乱雑に詰め込まれ、また段ボール箱が無造作にいくつも積み上げられていたわけだが、それをメリルがあれでもないこれでもないとひっくり返している。

「うう、見つからないよお……」

と、泣きそうになっているメリルに対し、隼平は控えめに声をかけた。

「おおい、俺、本当にレッドハート・ブレイブに通報しちゃったよ？」

するとメリルが隼平に顔を振り向けてきた。

「ねえ隼平、指輪知らない？」

——聞けよ、人の話！

隼平は心でそう突っ込んだが、メリルが人の話をまったく聞かない人間なのだということは、もう薄々わかってきていた。それで隼平も仏のような気持ちになって逆に尋ねた。

「どんな指輪だ？」

「んっとね、金属でできてて、宝石とかはついてない、シンプルなリング」

「そんな指輪どこにでもあるだろ。もうちょっとわかりやすい特徴を云ってくれよ。ていうか、なにを根拠にそんな指輪がここにあると思ったんだよ？」

「これ」

そう云ってメリルは右腕を伸ばし、指を上にした右手の甲を隼平に見せつけてきた。よく見ればその右手の中指に、ゴールドの指輪が輝いている。

「その指輪は？」

「これは一種の指輪レーダーなの。メリルの探してる指輪にはランクがあってね、下からブロンズ、シルバー、ゴールド、プラチナって感じ。それでね、上位の指輪は下位の指輪の探知機になるの。メリルはこれを頼りに指輪を探して回ってるってわけ」

「壊すために？」

「そう、壊すために」

今の問いは、隼平としては少し踏み込んでやったつもりだったが、メリルは平然としている。隼平は小さくため息をつくとさらに尋ねた。

「そんなレーダーを持ってるのに見つからないのか？」

「うん、今回は反応が鈍いんだよ。シルバーやブロンズの指輪ならもっと確実に特定できるし、逆にプラチナ以上ならこのゴールドの指輪では引っかからない。だからこの辺にあるのはこの指輪と同格のゴールドだと思う。たぶんこの魔法学校にあることは間違いないと思うんだよ。そこでこの宝物庫っぽい建物に目をつけたんだけど……」

「いや、だからここはただのがらくた置き場だって」

「うん。それでさっき、屋根の上に座って指輪の反応をもう一度よく確かめてたんだけど、隼平に見つかっちゃったから……」

自分が指輪探しを邪魔したというわけだ。隼平は一つ納得したけれど、またすぐに別の疑問が浮かんでくる。

「ランクのある指輪で、上位の指輪は下位の指輪を見つけ出せる……そんな力があるってことは、魔法の品だよな。どういう曰くのものなんだ？」

するとメリルは物探しの手を止め、右手の人差し指を立てて自分の唇にあてた。

「んー、それは内緒。知らない方がいいことってあると思うの」

「そりゃそうだろうけどさ」

　見たところ、メリルは隼平とは大して年齢が変わらない感じである。それが法を犯してまでなにかの使命のために行動しているのだ。その是非はさておき、魔法学校の落ちこぼれで未来のない隼平にとって、取り組むべき課題を持っている彼女は少し羨ましかった。

「ていうか、マジでおまえはなんなの？　どこから来てなにが目的でなにをしたいの？　なんのために指輪を壊して回ってるの？」

「メリルはメリルだよ。基本的には旅の魔法使い。ずっと昔から世界をさすらって、人の世の移り変わりを見てきたの。旅人だから大抵のことには関わらないんだけど、今回はちょっとね。十年前の厄介ごとがまだ片づいてないメリル」

「なにを大袈裟な……」

　若いくせに、まるで長い旅をしてきた年寄りのようなことを云う。

「だいたい十年前の厄介ごとってなんだよ。そのころ、おまえガキじゃん」

　するとメリルは得意顔をして両手をひろげ、その体をＹの字にして笑った。

「子供じゃないよ。メリルは今年で六百六十六歳！」

「嘘つけえっ！」

　隼平は思わずそう叫んでいたが、メリルはくすくす笑って隼平に流し目をくれる。

「嘘じゃないよ。魔法で老いを止めてるの」

「そんな魔法、聞いたこともない！」

「そう、だから君は今、歴史的大魔法使いとお話ししてるんだよ？　もっと光栄に思いたまえ、ふっふっふ」

「絶対、嘘だ」

「メリル、嘘つかない！　本当本当！」

　そう云って笑っているメリルを、隼平は今すぐ逆さに吊るして本当のことを白状するまで問い詰めてやりたい衝動に駆られたが、むろん本当にそんなことをするはずもない。

「……もういいよ。それより俺、本当にマジでレッドハート・ブレイブに通報したから、そろそろ来ると思うぜ」

　隼平がそう云ったときだった。

「賊がいるのはここかしら？　見事に扉が壊されていますわね」

　物置の外から、女の美しい声が聞こえてきた。おでましだ、と隼平が心でぼやいたとき、またしてもその美しい声がする。

「出ていらっしゃい！」

　その声を聞いて、隼平はメリルに視線をあてた。

「どうする？」

「うーん、しょうがないなあ。どうやらここはハズレだったみたいだし、メリル、ほかのとこ探すね」

メリルにはまるで危機感と云うものがなかった。隼平はゆっくり後ずさりして、メリルから距離を取りながら云う。

「もう人目があるんでね、俺もうおまえに忠告するのはやめる。自分で蒔いた種だ、自分でなんとかしてくれ」

隼平はそう云うと、踵を返して物置から出ていった。

外に出た瞬間、夏の陽射しの眩しさに目を細める。その目を見開いたとき、隼平は思わず感嘆の吐息を漏らした。

物置の外で仁王立ちして待ち構えていたのは、金髪碧眼の美少女であったからだ。

——外国人。この学校に何人かいる留学生の一人、かな。

隼平がそう当たりをつけたその少女は白人で、黄金の髪を腰まで伸ばしていた。背丈は一六〇センチ台半ばで、瞳は強烈なサファイアブルー。はちきれんばかりに大きな乳房は、制服のブラウスのボタンが今にも飛びそうなほどだ。制服の肩に前開きのケープを合わせており、襟元には二年生であることを示す赤いリボンを結んでいる。またスカートから伸びる脚は抜群に長い。そしてなにより、この世のものとも思えぬほど美しい。

そんな美少女が、隼平に眼差しを据えながら流暢な日本語で云う。

「あなたが通報者ですの？　退避するよう指示されませんでして？」

「……成り行きで」

その意志薄弱な回答が不満だったのか、少女はふんと鼻を鳴らした。

「まあいいですわ。わたくしの後ろへ。賊は中？」

「ええ。ところで一人ですか？」

「授業中ですし、全員の足並みが揃いませんでしたの。団長さんは全員揃うまで待つとかなんとかおっしゃってましたけど、それで賊を取り逃がしては元も子もありませんわ。それになによりこの程度の案件、わたくし一人で十分ですもの」

「な、なるほど……」

――要するに独断専行じゃねえか。

隼平は心でそう指摘したが、声に出すほど愚かではなかった。

「まあ相手はそんなに凶暴じゃないんで、ほどほどに」

「なにをおっしゃるの？　凶暴でない者が鉄の扉を破壊するわけありませんわ」

もっともな言葉に隼平は口をつぐむと、もうメリルを庇うまいと心に決めて、そそくさと少女の背中に庇われた。そこでふと疑問に思う。

「あの、先輩……赤いリボンをつけてるってことは二年生ですよね。お名前は？」

「わたくしはソニア・ライトフェロー。千年前、悪しき魔王を討った勇者アルシエラの末裔ですわ。今は魔法学校ロンドン校から、この東京校に留学してきていますの」

「ああ、あなたが例の……」

世界中の魔法学校はお互いに国際交流を持っている。交換留学も盛んで、東京校だけでも世界各国から十名以上の留学生がいた。そのなかの一人に、英国からやってきた美人の留学生がいて、しかも勇者の末裔などと云う大層な肩書を持っているらしいのだ。

「先祖が魔王を倒した勇者って、本当ですか？」

「ええ、もちろん。我が家には魔王討伐に関する伝説、文献、骨董、装備、そして魔法が伝わっていますの。もちろんあなたになんか教えませんわ。それで賊ですけれど……」

そのとき、物置の入り口の暗がりから赤いチャイナドレスを着たメリルが姿を現した。髪型も衣装に合わせてお団子になっており、羽衣のようなストールを帯びている。

「やほー、こんにちは、初めまして！　メリルはメリルだよ！　よろしくね！」

そのときのソニアの表情たるや、心底うんざりを絵に描いたようであった。きっと関わり合いになりたくないのだろう。

一方、隼平はメリルを愕然と見つめて、うめくような声で訊いた。

「……いつの間に着替えた？　なぜ着替えた？」

そんな隼平に、メリルは黙って片目を瞑ってみせた。答える気はないということだ。

そのやりとりにソニアはちょっと眉をひそめたが、やがて一つため息をつくと云った。

「……わたくしはレッドハート・ブレイブのソニア・ライトフェローです。一応、勧告しておきますわ。速やかに武装を解除し、投降なさい。その方がお互いのためですわ」

するとメリルは唇に指をあてて云う。

「うーん、メリルやることがあるから、それは無理かな」

「では、魔法学校の敷地への不法侵入および器物損壊容疑の現行犯で、このソニア・ライトフェローがあなたを武力によって拘束いたします」

云うや否や、ソニアは右腕を真横に振り抜いた。と、右手に光りが集まり、その光りはたちまち一振りの剣となる。

それを目にしたメリルが「おお」と歓声をあげながら拍手した。

「すごい！　魔力による武装の構築、しかも速いし込められた力も高そう！」

「ふっ、当然ですわ。わたくしはエリートですから。というわけでスーパーエリートのこのわたくしが二秒で制圧してみせますわ！」

ソニアはそう云って魔法の剣を構え、躍動した。

「蝶のように舞い、蝶のように美しく！　とにかく華麗に流麗に！　いざ！」

ソニアが地を蹴り、メリルに向かって突進する。そしてそこから、刺突を中心とした流麗な剣捌きでメリルに襲い掛かった。

「おお……」

隼平はたちまちソニアの優雅な剣術に目を奪われた。立ち回り、姿勢、足運び、剣の軌跡から技と技の組み立てに至るまで、どれもが美しく、まるで剣舞のようだった。

だがソニアが最初に宣告した二秒は、とっくに過ぎてしまっている。

「くっ！」

ソニアの顔には、当初の勝ち誇ったような微笑はない。眉間に皺を刻むくらいに真剣であった。そう、ソニアはメリルを相手に手こずっている。突きも斬撃も、剣に交えて繰り出される蹴り足さえも、メリルはすべて身軽に躱してのけていた。まるで猿だ。

「このっ！」

ソニアは躍起になってその剣先にメリルを捉えようとするが掠りさえしない。最初は急所を外して無力化しようと考えていたのだろうが、今やメリルの心臓を串刺しにしようという気魄が窺える。それでもメリルはひらりひらりと躱しながら、身のこなしに合わせてちらつくストールでソニアを幻惑しつつ、歌うように語る。

「ふうん、もともとよく鍛えられてる上に、筋力、持久力、五感を魔法で補ってるね。さらに剣豪の呼吸をトレースしたマジックプログラムで自分を達人化してるのかな。そして自分の全身を覆うシールド。あと剣と蹴りに混ぜて見えない空気の弾丸を撃ってきてるね」

――見えない空気の弾丸だって？

隼平は仰天した。自分には窺い知れないところで、高次の攻防があったのだ。

「そんでもって剣の切っ先に纏いつかせた光りのリングは、飾りに見えて目くらまし。すごいすごい！　よく考えてるね！」

そう手放しで賞賛してくるメリルを前に、ソニアが初めて攻撃の手を止めた。

「な……なんなんですの、あなたは！」

自分の手の内をすべて暴かれ、剣術のすべてを躱され、ソニアは愕然としている。隼平も口がぽかんと開いたままだ。

「……なんだこいつ、めちゃくちゃ強いじゃないか」

ただの頭のおかしい女かと思いきや、とんでもなかった。メリルはソニアをまるで子供扱いしている。ソニアだって、学生の平均からすれば十分強いはずなのだ。勇者の末裔云々はさておき、留学してくる時点でエリート、そして戦闘だけが魔法ではないとはいえ、レッドハート・ブレイブの一員ならば魔法戦闘適性も考慮されるはずである。魔法を絡めた護身術や捕縛術などは当然、身に付けているだろう。それが全然、相手にならない。

――本物の、大人の魔法使いだ。学生なんかじゃ話にならないんだ。

「おい、いったん仕切り直した方が……」

隼平がそう云いかけたとき、ソニアは「このっ！」と悪態をつきながら左手を高く掲げた。するとたちまち周囲の大気がざわめき始める。いくら落ちこぼれとはいえ、隼平も魔法使いの端くれだ。魔力の異常な高まりくらいは感じられた。そしてメリルの周囲に電撃を放つ光球がいくつも生まれ、それらがメリルに向かって一斉に放電を始める。

「ライトニング・ストライク！」

号令一下、青白い稲妻が四方八方からメリルに直撃した。しかし。

「えいっ！」

メリルがそう云って腕を一振りすると、稲妻は光球を含めて綺麗に消え去ってしまう。それからメリルは眉根を寄せてソニアを軽く睨みつけた。

「危ないなあ。今の当たったら死ぬよ？　そういう魔法は使っちゃ、めー」

「な、な、な……」

隼平は、そのときソニアの後ろに立っていたのだけれど、スカートから伸びるソニアの脚がちょっと震えているのを見た。

「ばかな……こんなこと、ありえませんわ。わたくしは勇者アルシエラの末裔、長い時間をかけて多くの優れた魔法使いの血を受け容れてきた、ブルーブラッドを継ぐ者……」

「うん、見た感じ才能はピカイチだね。でも相手が悪かったよ。メリル強いから」

メリルはそう云うとわざとらしく力こぶを作った。

「じゃあ反撃するね」

えっ、とソニアが声を発した次の瞬間である。

「メリルパンチ！」

メリルはほとんど瞬間移動をしたとしか思えぬ速度でソニアの懐に入るや、ソニアの腹部に右の拳をめり込ませていた。

「う、お……」

ソニアは女性にあるまじきそんな声を漏らすと、剣を取り落とし、両手で腹を押さえて三歩下がり、そこで両膝をつくと前のめりに倒れ伏した。地に額をつけて、声もなく悶絶している。隼平は慌ててソニアに駆け寄った。

「お、おい！　大丈夫か！」

だがソニアは顔をあげないし、返事もしない。隼平はどう介抱していいのかもわからず、メリルを睨みつけた。

「やりすぎだろ！」

「やりすぎたのはそっちだよ。さっきのライトニング・ストライクっていうの、第一級相当の攻撃魔法（こうげきまほう）だよ？　メリルじゃなかったら死んでたからね」

「う……」

　それが本当ならメリルが過剰（かじょう）防衛に出たとしても文句は云えないかもしれない。隼平が返す言葉を失っていると、ソニアがゆっくり顔をあげた。隼平はその横顔にめらめらと燃える怒（いか）りの炎（ほのお）を見て、思わず息を呑（の）んだ。

　と、ソニアの青い瞳がやにわに隼平を射る。

「あなた、お名前は？」

「い、一ノ瀬隼平」

「よろしい、隼平さん。わたくしに手を仮しなさい！」

「いや、俺（おれ）、魔法苦手……」

「はあ？　なにが苦手ですの！　魔法学校の学生でしょう！」

「だけど成績最下位なんだよ！」

「最下位！」

　ソニアは愕然と目を剥（む）き、隼平を信じられぬように見たが、すぐにかぶりを振った。

「それでもないよりはマシですわ」

「いやあ、足を引っ張るだけだと思うぞ」

「ほんの少し、時を稼いでくださるだけで結構。先ほどのライトニング・ストライク……あの賊はやりすぎと云いましたが、わたくしにとってはそうではありません。たしかに直撃すれば死は免れませんが、あれほどの手練れならばある程度対処すると見越しての攻撃ですわ。もっとも、完全に無力化されるとは誤算でしたが……」

隼平はその意味するところを理解し、目を丸くした。

「つまり、まだ奥の手があると？」

「もちろんですわ。勇者アルシエラ以来、わたくしの家に伝わる装備と秘術の数々を駆使すれば、あのようなふざけた恰好の魔女におくれを取るはずがないのです。無論、それらは軽々しく用いてはならないのですが、しかし、このまま取り逃がすくらいなら……」

ソニアはそう云ってゆらりと立ち上がった。その鬼気迫る姿を見て、隼平はもうなにも云えなかった。

「さあ、行きますわよ！」

ソニアは落とした剣には目もくれず、徒手空拳でメリルに向かっていく。なにをする気かはわからなかったが、こうなった以上、隼平としても援護しなくてはならないだろう。

――援護？　援護って云われてもなあ。

隼平は狙い通りに魔法を発動させることができない。ただ過去にやってしまったことの一つに、金縛りがある。実習の際に意図せず発動させてしまって、ペアを組んだ女子に迷惑をかけた。それを再現できるのなら、ソニアの援護くらいにはなるだろう。

――あのときの感覚を思い出して。

魔法は思考とイメージからなる『構成』と、内なる魔力が連結したときに発動する。魔力を高め、想像したら、あとは内部と外部の歯車をつないで事象を起こすだけだ。

――なんでもいいから、奇跡よ起これ。

「行けえっ、金縛り！」

珍しくなにかの魔法が発動する感覚があり、次の瞬間、ソニアが見事にすっころんだ。

「え……？」

いったい、なにが起こったか。ただ事象のみを述べると、ソニアの足元に突如バナナの皮が出現し、それに足をとられたソニアが嘘みたいなほど見事にひっくり返った。しかもあろうことか、はずみでスカートがめくれて白い下着が見えている。

「うわうわ！」

隼平は思わず自分の掌で視界を遮った。ぽかんとしているメリルがソニアに云う。

「ソニアちゃん、パンツ見えてるよ」

「えっ、あっ、きゃあ！」

それに気づいたソニアは慌てて体を起こすとスカートを直した。目のやり場に困っていた隼平はひとまず安堵したが、ソニアは地べたに座り込んだまま、スカートを両手で押さえて放心している。せっかく意気込んで飛び出したのに、転んで下着を見せるなどという失態を演じた結果、意気を挫かれてしまったと見える。

「……いったい、なにが起こったんですの」

ソニアはそう云いながら、自分の近くに落ちていたバナナの皮に目をやった。

今の事象をもう一度まとめると、隼平の魔法が失敗して、メリルに対して金縛りを仕掛けたはずがソニアの足元にバナナの皮を出現させ、彼女を転倒させたのだ。

状況を理解したのか、ソニアがゆっくり首を巡らして隼平を見てくる。隼平は苦笑いでごまかそうとしたが、それが却ってソニアの逆鱗に触れたらしかった。

「あ、あなた、いったいなにをやってるんですの！」

「ご、ごめん……でも俺、云ったじゃん。魔法使えないって」

「だとしても金縛りを仕掛けてバナナの皮が出てくるなんて、どういうことですの！」

「知らん！　俺が聞きたい！」

　隼平は泣きそうになっていた。自分が落ちこぼれなのはわかっていたけれど、どうしてこうも上手くいかないのだろうか。自分で自分が情けない。

「ちょっとごめんね」

　いつの間に忍び寄ったか、ソニアの後ろに立ったメリルが小腰を屈め、ソニアのうなじに指をあてた。ソニアがぱたりと昏倒する。それを見て隼平は凍りついた。

「な、なにをした？」

「気功魔法で気絶させただけ。五分もすれば目を醒ますから平気平気」

　メリルはそう云って笑うと、おもむろに右腕を真上に伸ばしてその指で天を指した。

「戦闘終了、お着替えしまーす」

　するとメリルの指を中心として大きな光りの輪が現れ、その輪が筆を運ぶようなスピードで降りてくる。相対的に光りの輪をくぐったとき、メリルはピンク色のドレスを着たお姫様のような姿に戻っていた。

「ま、魔法で着替えたのか……」

　そう呟いた隼平を尻目に、メリルは小腰を屈めてバナナの皮を拾い上げた。

「ねえ隼平。一つ訊くけど、これ狙って召喚したんじゃないんだよね？」

「あ、当たり前だろ！　バナナの皮召喚って、どんな魔法だよ！」

「そうだね。そんな変な魔法はないよね。うん……」

バナナの皮を投げ捨てたメリルが、その手を顎にやって隼平をじっと見てくる。これまでにない視線に、隼平がちょっと居心地の悪さを感じたときだ。

「うん、そうだね。初めて見たときから思ってたけど、君はちょっと毛色が違う。そして君の魔法から感じたあの波長……君はもしかして、エロ魔法使い？」

「はっ？」

水も涸れた荒野から花々の舞い散るどこかへ急に連れていかれたような、奇妙な違和感を覚えながら、隼平は首をひねった。

「俺がエロ魔法使い？　なんだよ、エロ魔法って？」

「エッチな効果ばっかり発動する魔法のこと。ソニアちゃんのパンツ見たでしょ？」

そう云われて、隼平は最初なにかの冗談かと思ったが、メリルは極めて真面目な顔をしている。つまり本気でおちょくられているのだと思い、隼平は烈火の怒りを覚えた。

「ふざけているのか！」

「違うよ！　メリルはとっても真剣だよ！　今からせつめーを――」

と、云いかけたところで、メリルは弾かれたようにあらぬ方を見た。そこから大勢の足音や気配が近づいてくる。こっちだ、急げ、という声も聞こえる。

「応援か！」

ソニア一人だけが先行してやってきたが、今になってやっと他の者たちが駆けつけてくれたらしい。だがその集団が姿を現すより先に、メリルがにっこり笑って云う。

「なんか人がいっぱい来ちゃうみたいだね。まだ目的のものは見つかってないけど、メリル、今日は隼平に会えただけでもよしとして、帰ることにするメリル」

「いや、待てよ。説明してけって。エロ魔法ってなんだよ？　ふざけんなよ。俺は自分の魔法について真剣に悩んでるんだぞ！」

そう捲し立てる隼平を尻目に、メリルは身軽に物置の屋根へと躍り上がると、そこから笑顔で隼平に手を振って云う。

「またねー、バイバイ！」

「またねってどういうことだ！」

隼平の叫びを無視して、メリルは空のかなたへ飛び去っていった。あっという間の逐電であった。そして一陣の風が吹き、隼平は茫然とするやら腹が立つやらだ。

――俺がエロ魔法使い？　エロ魔法使いだと？　馬鹿にしやがって！

隼平が怒りと羞恥で震えていたそのとき、やっと駆けつけてくる集団があった。

「隼平！」

自分の名を呼ぶその声を聞いて、隼平は気持ちを切り替えることにした。

「そうだ。忘れちまえ、エロ魔法なんて。そんなの冗談じゃないぜ」

隼平がそう吐き捨てて振り返ると、切れ長の目をした美女と視線が合った。女性にしては長身で、黒髪をポニーテールにしている。乳房が大きく、ブラウスにスカートという通常の制服に加えて、赤の裏打ちがある前開きのスカートマントをベルトで腰に留めていた。これは武道の要点である膝の動きを隠すためのものらしい。魔法学校では、ある程度まで なら個性に合わせた制服の改造が認められているのだ。そして襟元には三年生であることを示す青いリボンがある。名前を、土方楓と云った。

彼女こそ、レッドハート・ブレイブの現団長である。つまりはこの学校でもエリート中のエリートだ。本来であれば隼平のような落ちこぼれとは縁のない人物に思えるが、隼平が落ちこぼれすぎて逆に目をつけられ、なぜか知遇を得ていた。

「楓さん……」

楓はそうつぶやいた隼平の前までやってくると、倒れているソニアを見て驚き、「おい！」と焦った声をあげながらソニアの傍に片膝をついて脈や呼吸を確かめた。さらに楓とともにやってきた生徒たち――レッドハート・ブレイブの面々が、ソニアの周りを取り囲んだり、破壊された物置の扉を見て顔をしかめたりしている。

隼平はエリートたちの輪に入ることがためらわれ、端から遠慮がちに云った。

「気絶してるだけだと思いますけど……」

「どうやら、そのようだ」

楓はそう安堵の吐息を漏らすと、ソニアをほかの女生徒に任せ、立ち上がって隼平に眼差しを据えてきた。

「それで、これはどういう状況だ？」

「まあ順を追って話しますけど、場所変えません？」

炎天下である。ソニアはひとまず保健室へ運んだ方がいいだろうし、隼平だって夏の陽射しの下で長話をするのは御免であった。

◇

高等部の南校舎二階にレッドルームと呼ばれている部屋がある。普通の学校なら生徒会室にあたる部屋だが、この学校には生徒会など存在しない。あるのは生徒会と風紀委員と社会奉仕団体を兼ねたレッドハート・ブレイブであり、したがって彼らの拠点となる部屋の名前はレッドルームだ。ちなみに名前を反映してか、出入りの扉だけは赤塗りの特注であったが、それ以外は少し広いというだけの普通の部屋である。まだ午後の授業が行われている現在、そのレッドルームには隼平と楓、そしてソニアの姿があった。

　あのあと楓は団員二名にソニアを保健室へ運ぶよう命じると、残りは授業に帰して、隼平と二人だけでレッドルームに向かおうとした。ところがその矢先、ソニアが意識を取り戻したのだ。メリルが去ったことを知ったソニアは自分も話を聞きたいと云い出し、保健室行きを勧める楓に逆らってレッドルームまでついてきた。

　楓は部屋の適当なところに椅子を二つ置くと、そのうちの一つを隼平に勧めて、自分はもう片方の椅子に腰を下ろした。ソニアは少し離れたところの椅子に座っている。

　こうして楓と向かい合った隼平は、メリルと出会ってからのことを一通り話して聞かせた。ただしエロ魔法云々については一切言及しなかった。あのような妄言を話す必要はないと思ったたし、なにより恥ずかしかったからだ。

「――以上が、俺の知っていることのすべてです」

　隼平がそう話を結ぶと、楓は沈鬱な顔をして目を伏せた。

「メリル……指輪……そうか……」

　そのまま楓があまりにも深刻な顔をして黙り込むので、隼平はちょっと訝しんだ。たしかに学内に不審者が立ち入ったのだから重大事だが、楓が責任を感じるようなことではない。隼平としては、警察に丸投げしてしまってよい案件だと思う。

――いや、楓さんは真面目だからな。自分たちでなんとかしようと思ってるのか？

「まあ、メリルは『またねー』とか云ってましたから、もしかするとまた忍び込んでくるつもりかもしれませんが……」

隼平が重苦しい沈黙に堪え兼ねてそう云ったときだ。ソニアが椅子を蹴立てて立ち上がり、やにわに隼平を指差してきた。

「団長、わたくしが賊を取り逃がしたのは、この男が邪魔したせいですわ」

それには隼平もソニアを軽く睨んだ。

「なんだよ、藪から棒に」

「あなたがあのときちんと援護をしてくれていれば、あのふざけたチャイナドレスの賊など取り押さえていたはずだと云っているのです！」

――よく云うよ。ボッコボコにされてたくせにさあ。まだ勇者の家系に伝わる秘術やら装備やらがあるって云ってたけど、今になって思えば怪しいもんだぜ。

隼平はそう思ったけれど、自分がソニアの足を引っ張ってしまったのは事実だ。正面切っての反論はできない。それで顔を強張らせていると、楓がソニアを見て云った。

「よせ、ソニア。終わったことを責めても仕方がない」

「私だってそうさ。だがもう忘れろ。私も、おまえが私の命令に背いて単独で先行したことは忘れる。もう終わったことだ。これはレッドハート・ブレイブの案件ではない」

それが隼平には意外だった。楓の性格からして『賊は我々の手で挙げる！』くらいのことは云い出すと思っていたのだ。ソニアもまた拍子抜けしたようである。

「団長、それは……」

「私としても個人的には思うところがある。あくまで『個人的に』だ。だがレッドハート・ブレイブの団長としては、いたずらに皆を危険な目には遭わせられない。相手はおまえを手玉に取るほどの手練れ……学生が対応できる範囲を超えている。今度ばかりは先生方に相談の上、警察に連絡するというのが現実的な対処になるだろう」

「ほ、本気でおっしゃっているんですの？　我々レッドハート・ブレイブは学外に魔法使いの有用性を示すのと同時に、学内の治安維持も司る組織でしょう。こういうときこそ踏ん張りどころではないですかっ！」

「いや、駄目だ。メリルにはもう関わるな。これは団長としての命令だ」

するとソニアは満面に朱を注いで不満を表したが、さすがに優等生である。団長相手に駄々をこねたりはしなかった。

「わかりましたわ。団長がそれでおよろしいのでしたら、わたくしは従いますとも」

「よし。では保健室へ行け。大丈夫だと云い張っているが、一応しばらく休んでおいた方がいい。ついでに奥村先生を呼んできてもらえると助かる」

「奥村先生を？」

　意外であったのか、ソニアの声がちょっと高くなった。

　レッドハート・ブレイブは魔法学校の外でも活動する特別な団体である。そのため顧問が複数おり、方針会議には全員出席するし、校外活動には必ず複数の顧問が同行する。ただ校内でのトラブルに関しては、生徒に丸投げしているところがあった。これは楓たちを信頼しているからであろうが、今は警察沙汰になるようなことが起きているのだ。だから顧問を呼ぶのは当然として、それが奥村ということに、ソニアは首を傾げている。

「主任顧問の近藤先生ではなく、副顧問の奥村先生をですの？」

「ああ、頼む。私は隼平に話があるから……」

　そう云って楓は隼平に鋭い視線をあててきた。隼平は動揺した。

「な、なんですか。もう俺の知ってることは話しましたよ」

「メリルのことはもういい。このあと私がおまえに訊きたいのは、そもそも授業中にあんな場所でなにをしていたのか、ということだ」

「げっ……」

思わず絶句した隼平を、楓はいよいよ咎めるように見る。

「隼平、おまえ、とうとう授業をさぼったな」

完全に見抜かれている。隼平が背筋に一筋の冷たい汗を流したところへ、ソニアがくちばしを容れてきた。

「……お二人は、仲がおよろしいの？」

「もちろんだ」

楓は笑いを含んだ声でそう云ったが、隼平の方はあわててかぶりを振った。

「冗談じゃない。まだ知り合って三ヶ月しか経ってない。俺は一年、楓さんは三年、友達じゃないし、一緒に飯を食ったりしたようなこともまったくないし、ちょっとした知り合いってだけ。ただ俺の出来が悪いから、目をつけられたんですよ」

「目をつけたとは心外だな。私はおまえを心配しているだけだ。魔法学校の全生徒のなかでも、一人だけ飛び抜けてできない。このままでは、いろいろ困るだろうと思ってな」

「余計なお世話ですよ。放っておいてほしい」

「本心か？」

そう刺すように問われて、隼平は思わず絶句した。本心かだって？　本当に楓に見捨てられたら、やはり寂(さび)しいと思ってしまうだろう。それがわかりきっているだけに、大人になれない幼稚(ようち)な自分を思い知らされ、情けなくてぐうの音も出ない。

——なんだ、俺は。ちくしょう。甘(あま)ったれか。

と、そんな隼平の表情を見てか、楓が笑って云う。

「安心しろ、放ってはおかない。このままでは、いずれ転落していくのが目に見えている。それを見て見ぬふりして、いったい、なんのための先輩か」

その優(やさ)しさが痛かった。ありがたいと思うべきなのだろうが素直(すなお)になれない。それどころか怒りが蹄(ひづめ)を鳴らして近づいてくる。愛されているのになぜなのか。隼平が八つ当たりに近い感情を懐(いだ)いたそのとき、ソニアが「ふふっ」と声をあげて笑った。

「自分で成績最下位とか云ってましたものねえ」

「くっ……」

隼平が悔しそうにソニアを睨み返したとき、楓が強い口調で云った。

「ソニア、そろそろ本当に席を外してくれ」

「承知しましたわ。それで、奥村先生を呼びに行けばよろしいのね？」

「ああ、だがゆっくりでいい。この際だ、隼平とは腹を割って話したいのでな」

「了解(りょうかい)ですわ」

ソニアはそう云うと、もはや隼平には一瞥もくれずに部屋を出ていった。

楓と二人きりになると、隼平はなんとなく居心地が悪くなった。それまで意識していなかった自分の指の感覚や部屋の空気の匂いといったものが気になり始めた。

「で、なぜ授業をサボタージュした？」

楓のその問いにも、隼平は答えなかった。だが無駄な抵抗だ。

「実習でミスをし、それが元でクラスメイトと喧嘩したそうだな」

楓のその言葉に、隼平の心は少しばかり波立った。

「……ついさっきのことなのに、よく知ってますね」

「生徒がなんらかの問題行動を起こした場合、レッドハート・ブレイブにはそれが伝わるようになっている。学外においてはボランティア団体、学内においては生徒会にして風紀委員、それがレッドハート・ブレイブだからな」

だから生徒のなかにはレッドハート・ブレイブを毛嫌いしている者もいる。隼平も楓と知り合っていなければそうなっていただろう。ということは、自分はだいぶ楓に懐柔されているのだ。それが悔しくて、ついつい言葉が尖ってしまう。

「てことは、つまり俺が授業をさぼった理由を知ってたんじゃないですか。だったらなんで授業をさぼったかなんて、意地悪な質問しなくてもいいでしょう」

「私はおまえの口から聞きたかったのだ。おまえがなにを考え、なにに悩み、これからどうしたいのか、話してほしい」

するとと隼平は、視線で楓に切り込むようにして睨みつけた。

「俺がなにを考えてるかって？　もううんざりしてるだけですよ、俺を取り囲むなにもかもに！　初等部からここに通って今年で十年になるのに、まともに魔法が使えたためしは一度だってない！　みんなが当たり前にできることが、俺にはできない！　やってもやれない、成績最下位の落ちこぼれ……どうして楓さんは、こんな俺に構うんですか？」

「……後輩が道を誤らんようにするのは先輩の務めだ」

つまり楓は、彼女なりに理想の先輩像を演じているだけなのだ。別に隼平が特別というわけでもないのだろう。

「ふん、じゃあ俺が後輩でなくなってしまえば、もう口うるさいことも云われずに済むわけですね。いっそこんな学校、辞めてしまいたい」

「辞めてどうする？　よその学校へ編入しようにも、法律上、魔法使いが普通の高校に通うことはできない。じゃあ働く？　一般企業の魔法使い枠もあるが、高校中退ではさすがに難しいだろう。では外国へ逃げるか？　魔法使いでは、渡航許可を取るにも一苦労だな」

そんなことはわかっていた。わかっているだけに、忌々しくて仕方がない。

「魔法使いってだけで、なんでこう、なにもかもに縛りがつくんだ……」

「それが魔法使いに生まれた者の宿命だ」

愚痴を真っ向からぶった切られて、隼平は楓を睨みつけた。鋭い眼光であったが、楓は小揺るぎもしない。

「隼平、わかっているだろうが、魔法使いには果たさねばならない責任がある」

「ろくに魔法も使えない俺が、魔法使いって云えるんですか？」

「そうだ。世間はそうみなす。甘えるな。おまえは魔法を上手くコントロールできないんだから、人一倍の努力をしなくてはいけないんだ。このままでは暴走の危険があるとして封印指定を受けて、一生を施設で過ごす破目になることもありうるんだぞ」

その恐ろしい未来に、隼平は思わず椅子を蹴立てて立ち上がった。

「馬鹿な！　なんでそんな――！」

「それが世の中のルールだからだ。座れ」

そう云われても隼平はその場に立ち尽くしたまま、しばらく楓と睨み合っていたが、やがてその眼光に負けて大人しく腰を下ろした。

それを待って、楓がこんなことを訊ねてきた。

「隼平、魔法とはなんだ？」

「なんです、突然、藪から棒に？」

「いいから答えてみろ。魔法とはなんだ？　魔法使いとはなんだ？」

なんでまたこんな初歩的な問答を、と思いつつ、隼平は知っている限りの知識を掻き集めると頭のなかで整理し、話し始めた。

「魔法とは――」

魔法。それは神秘の力、科学では説明のつかない超常の力である。火や風を自在に操ったり、嵐を呼んだり、天を翔けたり傷を癒したり透明になったりといったことができる。代償として内なる力『魔力』を消費し、それは休息によって回復するのだが、回復速度や魔力の量にはもちろん個人差があって、それがわかりやすい魔法の才能の目安とされていた。そしてそうした魔法を使える者を、魔法使いと云う。

魔法使いは世界中にいて、それぞれの歴史や文化を背景に独自の発展を遂げながら、時に権力と結びつき、時に弾圧され、科学と競いながら生き抜いてきた。そして第二次世界大戦後、魔法使いに関する国際条約が結ばれ、二十一世紀の今日に至る。

隼平がそこまでをぼそぼそと話すと、楓は一つ相槌を打った。

「まあだいたいそんなところだな」

「小学生が社会の授業で習うようなことですよ。どうして今さら？」

「おまえがちゃんと理解しているか怪しいと思ったからだ。では次の質問、現代の魔法使いの暮らしとは？」

　隼平は閉口しかけたが、小さなため息をつくと諦めて話し始めた。

「現代の魔法使いと一口に云っても、色んな国がありますからね……まあアメリカや日本の場合だと、魔法使いの生活や魔法の行使に関する多くのルールが定められ、善良な魔法使いたちはそのルールのなかで生活しています。たとえば日本では、子供は全員、魔法の適性があるかどうかを調べられます。両親のどちらかが魔法使いである場合はもちろん、そうでない場合も、就学前に魔力の有無を判定する検査が行われる」

　話しているうちに苦い記憶が蘇ってきて、隼平はほぞを噬みつつも先を続けた。

「それで魔法使いと判明した子供は、その情報が公的機関に登録され、生涯に亘って管理される。普通の学校ではなく魔法学校に通い、一般的な学問はもちろんですが、なにより魔法の正しい使い方と、そして魔法使いである自分がこの世界でどう生きていくべきかを学びます。ほかにも就職、進学、海外旅行、飛行機への搭乗などにさまざまな制限が付きまとう。つまり現代の魔法使いっていうのは、俺たちには、自由がない……」

「そうだな。だが魔法使いとは、その気になれば素手で大規模な破壊行為もできる能力を持っている。多少の不自由は仕方がない」

そう云われて、隼平は思わず楓を睨みつけた。

「楓さんは本当にそう思うんですか」

「ああ、もちろんだよ。世界の総人口が七十億、そのなかで魔法使いは百万人にも満たない。魔法使い同士の子供だって、魔法の才能を引き継ぐ確率は五〇パーセント以下。世の中は魔法を使えない人の方が圧倒的に多いのだ。にもかかわらず、その少数派の魔法使いがその気になって結託すれば、今の世界秩序は簡単にひっくり返ってしまうだろう。実際、過去には魔法使いがそうでない人々を奴隷的に支配した時代もあった」

「逆に魔法使いが迫害され、弾圧されて殺された時代もありましたね」

だがそうした行為は、今の時代ではなべて野蛮とされている。今は魔法使いと非魔法使いが共存する時代なのだ。

「現代において魔法使いを縛る様々なルールは、魔法使いと非魔法使いが、お互いうまく折り合いをつけてやっていくためにみんなで決めたルールだ。我々はこれを守って生きていかねばならないし、魔法使いと非魔法使いがともに生きていけることを常に証明し続けねばならない。そのための教育、そのための魔法学校だ。わかるか、隼平」

もちろんわかる。どこの国の歴史を紐解いても、魔法使いと非魔法使いのあいだで諍いのなかった例など一つもないのだ。今でも一人の魔法使いが罪を犯すたびに、魔法使い全体が白い目で見られる。魔法使いをもっと厳しく管理すべきだと主張する人もいれば、魔法使いこそが世界を支配すべきだと云う危険思想の魔法使いもいた。いつ時計の針が巻き戻ってもおかしくはない。今の多くの魔法使いは、それを防ぐために懸命だった。

「ヨーロッパでは、魔法使いというだけで火あぶりにされる時代もあったのだ。そんな時代に逆戻りしたくはないだろう。だから、おまえはやるしかないんだ。落ちこぼれだろうができなかろうが、やるだけやっていれば皆、認めてくれる」

「でもやるだけやって、それで結局魔法のコントロールが身に付かなかったらどうするんです？　封印指定ってのを受ける破目になるんですか？」

「それはそうだが、封印指定にもレベルがあるからな。魔法を封じる呪具の装着義務を課せられる程度で済むこともある。ただその場合も信頼が必要だ。信頼を得るには、毎日を真面目に過ごすしかない」

「その呪具で完全封印できなかったら？」

「……そのときは移動や住居に制限がかかるかもしれん。だがもしそうなったら、私も付き合ってやるさ」

　楓が本気とも冗談ともつかぬ口調でそう云って笑うので、隼平もまたちょっと笑った。

「俺みたいな突然変異に付き合うことないですよ」

「突然、変異……？」

楓がそう繰り返した言葉を聞いて、隼平ははっと息を呑んだ。今までこのことを自分から誰かに打ち明けたことはない。だのに口が滑った。相手が楓だったからだろうか。思えば今まで楓ほど隼平に辛抱強く向き合ってくれた人はいなかった。その赤心に触れて、うっかり心の扉を開けてしまった。そこへもう楓が踏み込んできている。

「突然変異とはなんだ？　答えろ」

一度こうなってしまえば、答えない限り楓は隼平を解放してくれないだろう。隼平は覚悟を決めると、足元に目を落として話し始めた。

「魔法使いであるかどうかは血筋によって決まる……これは常識ですよね」

「ああ」

「だから両親のどちらかが魔法使いである場合には、その子供が魔法の才能を受け継いでいるかどうか、速やかに検査がされる。そして両親のどちらもが魔法使いでない場合にも、小学校に上がる前に大雑把な検査が行われます」

「うむ。両親のどちらかが本当は魔法使いだが、今まで誰もそのことに気づいていなかった場合や、父なし子など、いろんな事情があるからな。それで？」

「俺の両親はどちらも魔法使いじゃありません」

その言葉こそは一本の矢となって、楓の心の中心を射貫いたのかもしれない。隼平は楓の愕然とした顔を見て冷たい笑みを浮かべた。

「なのに俺は、就学前の検査で魔法使いだって云われたんです。君からは魔力を感じると。それでどうやら俺は魔法使いであるということが確定しました。しかし――」

隼平が魔法使いであった以上、両親のどちらかも魔法使いのはずである。本人にその自覚がなかったと云うなら不可抗力だが、もし自分が魔法使いと知っていて黙っていたなら、これは重罪である。こういう次第で検査の手は隼平の両親にも及んだのだが、二人は魔法使いではなかった。誰がどう調べても魔力を感じないと云う。さらに検査の範囲は隼平の親戚一同にまで及んだが、そのなかで魔法の素養を持っている者は誰一人としていなかった。隼平だけが、非魔法使いの家系にひょっこり現れた魔法使いだったのである。

「……こうなると、自然、別の疑いが持ち上がってきました」

「つまり……」

と、そこで楓は話しにくそうにした。この辺りは、彼女にとっても不得手な領域であろう。隼平は苦笑の片笑窪を彫ると云った。

「母さんが浮気したんじゃないかって、周りが疑ったんですよ」

魔法は遺伝するという基本法則を信じる限り、それ以外にありえなかった。だが母はそれを否定し、結局ＤＮＡ鑑定にまで持ち込まれて、隼平と父親に親子関係があることがはっきりした。

「母さんは浮気なんかしていなかった。でも、これでいよいよ判らなくなったんです。なんで非魔法使いの両親から生まれた俺が魔法使いなのか、誰も答えを出せなかった。それで結局、突然変異と云うわけです」

「ふむ」

「ところで父さんと母さんなんですが、その一件が元でこじれてしまってね、離婚したんですよ。それで母さん、今は再婚してるんですが、継父と俺はどうにも反りが合わなくてね……俺が家を出て、今は魔法学校の学生寮に一人暮らしってわけです」

「そうか。ま、気楽でいいじゃないか」

「ははは」

それは実際、そうだった。一人でいるときだけが、煩わしいことから自由でいられる。学生のあいだは継父が生活費を出してくれると云うし、それ以上を望んでももう仕方のないことだ。今の成績で残りの高校生活をどうやり過ごすか、それだけが問題だ。

「隼平」

考えごとに傾いていた隼平は、その声に伏せていた目を上げた。楓が桜色の唇を開く。

「魔法は嫌いか？」

嫌いです、と云いかけて云い止し、隼平はちょっと迷ってからこう答えた。

「小さいころは、魔法使いに憧れましたよ。風や雷を操る姿が、かっこよくて」

だが自分が魔法使いだったせいで両親は離婚、魔法学校ではろくに魔法が使えず初等部のときからずっと落ちこぼれ、継父とは反りが合わずに、高等部に進んだのをきっかけにしてとうとう家を追い出されることになった。しかも自分はこれから一生、魔法使いとして不自由のなかで生きていかねばならない。

「魔法使いでいいことなんて、なにもなかった」

「そうか。なら魔法使いになんて、ならなくてもいいじゃないか」

「え？」

隼平を目をぱちくりさせた。魔法がろくに使えなくても魔力がある以上、隼平は法的には魔法使いだ。それを心得ていない楓ではないはずなのに、彼女は得々として云う。

「我々が十八歳まで魔法学校へ通うことを強制されているのは、将来魔法を活かした職業に就くためではなく、魔法を濫用しない精神を養うためなのだ。だから魔法職は選択から外し、普通の教科を頑張って、外部の大学を経て一般企業への就職を目指せばいい」

正論だと隼平も思った。魔法の才能がないならそちらへ切り替えるべきなのだ。だが、そんな気はまったく起きない。

「俺は……」

と、隼平が声を震わせたところで、楓はなにかに気づいたような顔をした。

「小さいころは魔法使いに憧れていた、か……」

まるで傷痕に指で触れられたような、くすぐったい思いがした。

まごつく隼平をよそに、楓は椅子からすっくりと立ち上がり、隼平を見下ろしてきた。

「やっとわかったよ。おまえは本当は、魔法使いになりたいんだな。自分のなかに眠っている魔法に目醒めて、自在に使いこなしてみたいんだ」

「そんな、ことは……」

そう云いかけて、しかしそれが口だけの否定だと隼平は気づいてしまった。魔法使いになりたい？　その通りだ。自分は幼いころ、魔法使いの物語に夢を見て憧れたのだから。

「自分が魔法使いだったことがきっかけで両親が離婚した。だから魔法を恨んでいる。でも本当は魔法が好き。魔法使いになりたくてなりたくて、でも魔法が上手く使えないからどうにもならない。大変だな。ぐちゃぐちゃで」

隼平はほとんど泣きそうな目をして楓を睨みつけた。

「……いっそ、母さんが浮気していたんだったらよかった。もしそうだったら、俺が魔法使いだったことにも説明がつくし、親が離婚したのは俺のせいじゃない」

そう泣き言を漏らした直後だった。ぺちんと音がして、隼平は楓から、目の醒めるような慈愛の平手打ちを受けていた。

「そんなことを云うものじゃあない」

悲しげな目をしてそう云う楓に、隼平はなにも云えなかった。

そのうちに楓は窓際まで歩いていき、窓の桟に腰を預け、肩越しに遠い空を眺めた。このとき見た楓の横顔は、隼平の知らないものだった。やがて楓がぽつりと云う。

「私も子供のころ、自分の魔法が嫌いだったよ」

「えっ？」

それは意外なことだった。自分が楓と知り合っておよそ三ヶ月、思えば彼女のことなどなにも知らないが、ずっと昔から真面目一徹で思い煩うこともなく、今日まで一途にひた歩んできたのだと、勝手に想像を逞しくしていた。だが実際はどうなのか。

「魔法にはいろいろな属性や系統があるだろう。代表的なものは火属性とか水属性とかだな。平均的な魔法使いなら、一人十属性くらいは使えるか……そして魔法が遺伝によって引き継がれるものである以上、自分の魔法属性は親の魔法属性とほぼ一致する。しかし稀に親兄弟の持っていない属性の魔法が使えてしまう例もある。私がそうだった」

そこで楓はゆっくりと首を巡らし、隼平を見据えて微笑んだ。

「私もある意味、突然変異だったのだ」

隼平はなんと云っていいかわからなかった。怒ったり笑ったりする場面ならわかるが、こういう状況ではどうすべきなのか、さっぱり見当がつかない。

「こういう話はあまり人にしないんだが、おまえが話してくれたのでな」

楓はそう云うとスカートのポケットを探って財布を手にし、そこから一枚の百円硬貨を取り出すと、それを隼平に投げてよこした。

「なんです？」

反射的に受け取りながらもそう訊ねた隼平に、楓は笑って云う。

「私は剣が得意でな」

「それは知ってますよ」

レッドハート・ブレイブは成績優秀、文武両道、品行方正な優等生の集まりだ。そのうえ一芸にも秀でており、団長である楓は剣術家であった。剣道も居合も両方やるという。

「今から一つ、魔法を披露してやろう。立て。立ってその百円玉を指で挟んで、目の高さに掲げてくれ。そう、そうやって、親指と人差し指を横に倒したUの字にして、もうちょっと頭から離した方がいいな。そうだ。その辺でいい」

云われた通り、隼平は椅子から立ち上がって硬貨を目の高さに掲げた。そのあいだに楓は隼平から適切な距離を取り、そこで両手を左腰にやった。居合抜きの構えに似ている。元より彼女は丸腰だが、まるでそこに見えない日本刀があるかのようだ。

「……動くなよ」

その声に真剣なものを感じて、隼平はたちまち驚懼した。そして。

「はっ！」

楓がその場で右の拳を横に振り抜いた。隼平がそこに日本刀の幻を見た次の瞬間、指で摘んでいた硬貨が真っ二つになり、衝撃とともに隼平の手から零れ落ちた。二つに割れて落ちた硬貨を、隼平はただただ目を丸くして見ていた。そこへ楓が云う。

「これが私の切断魔法……空剣でこれだ。木刀を持てば金剛石でも切れるし、人の肉体に傷をつけずに意識のみを切断することも可能。そして真剣を持てば空間すら切り裂ける……と云ったら、信じるか？」

冗談めかした口調だったから、それがどこまで本当なのかはわからない。空間を切り裂くなど現代魔法の常識を超えており、もはや異端とさえ云える。空剣で離れたところから硬貨を真っ二つにしただけでも驚異的なことだ。

隼平はしばらく麻痺したようになっていたが、やがてその場に片膝をつくと、百円硬貨の片割れを拾ってその断面をまじまじと見た。美しい切断面だった。触ってみるとつるつるしていて、指にまるで引っかからない。これを魔法でやったと云うのか。

「すごい」

隼平がそう素直に感嘆の声をあげたとき、楓が隼平の傍に立った。見上げると、彼女は憮然としていた。

「つまらん芸さ。このつまらん芸が、私にとって一番の得意魔法で、私の突然変異なんだ」

「……つまり、この魔法は親から受け継いだものではない？」

「そうだ。だが魔法使いの家系だから、遠い先祖には私と同じことができた者がいて、私は先祖返りなのだろうと云われている。そういうことは、魔法使いの家系には珍しくないからな。だがそれでも、今の代にこんな魔法、私のほかに使える者はいない。私は異能者だった。小さなころから、人差し指を立ててなぞれば、なんでも斬ることができた」

「なんでも？」

「そう、なんでもだ。木でも石でも鋼でも」

「それはすごい」

隼平は心から云った。子供の時分から切断系の魔法をそこまで自在に操れていたというのは、ちょっとした才能ではないか。

「……真剣を持てば空間も斬れるって、本当なんですか？」

「本当だと思うか？」

質問に質問で返され、隼平が戸惑っていると、楓は小腰を屈めて隼平の肩に手を置いた。

「嘘であれ本当であれ、こんな魔法は世の中の役に立つものではない。人を傷つけることしかできない邪法……それが一番の特技だと云うんだから、私も大概さ」

そこに本気の自嘲を見て隼平は眉根を寄せた。男の子であれば、こんな魔法が使えたら嬉しかっただろう。だが女の子は違うのかもしれない。

隼平は二つに割れた硬貨を拾い集めると、立ち上がってそれを楓に返しながら云った。

「でも、今は自分の魔法が好きなんですよね」

「いや、切断魔法は今でも嫌いさ。だがそれを使える自分を好きになることはできた」

「どうやって？」

魔法が好きで魔法が嫌い。そんな矛盾した自分を、隼平は好きになれなかった。魔法使いに憧れているくせに、自分が魔法使いだったせいで両親が離婚したというこの矛盾に、心が引き裂かれたままになっている。

「……楓さんは、どうやって、自分を好きになったんですか？」

隼平がほとんど縋りつくように訊ねると、楓は胸を張って云った。

「正義のために生きる。それだけだよ」

「正義？　それって、レッドハート・ブレイブですか？」

「いや、私が云っているのはもっと根本的な生き方としての部分だ。魔法使いがその力で悲劇を起こさぬよう微力を尽くすと決めたとき、私は初めて自分を好きになれた。レッドハート・ブレイブの団長職を辞しても、私は正義のために生きていく。おまえにもなにかあるはずだ。人の役に立つような、人を喜ばせられるような、そんな生き方が……」

「それが楓さんのレッドハートですか？」

隼平がそう口にしたのは、『魔法使いたる者、レッドハートを持つべし』と云う、ヨーロッパの魔法使いたちが古くから唱えてきた格言のようなものである。

問われた楓は、にっこり笑って頷くと云った。

「うむ。おまえも知っての通り、魔法を使うのに大切な想像力と情熱、そして魔法を悪用しない正義の心を、すべて兼ね備えてレッドハートと呼ぶ。レッドハート・ブレイブの名前もここから来ている。だから隼平、おまえもレッドハートを持て」

「でも俺は成績最下位なんですよ」

「だったら、あとは伸びるだけだな！　魔法を諦めきれないなら気合いと根性でどうにかしろ！　落ちこぼれの谷底から這い上がってこい！」

「いやいや、云ってることが無茶苦茶ですよ。体育会系はこれだから困る。根性さえあればなんとかなると思ってるんだ。根性さえ、あれば――」

言葉とは裏腹に隼平は笑っていた。なぜだろう、胸が熱い。

――なんだこれ。心が、ふるえる。

そんな隼平を優しい目で見つめていた楓は、唐突にこんなことを云った。

「さあ、今度はおまえの番だ。おまえの魔法を私に見せてくれ」

「はっ?」

思いがけないその言葉に心のうずきも消し飛んだ。思わず固まった隼平に対し、楓は至って真面目な顔で云う。

「考えてみれば、私はまだこの目でおまえの魔法を見たことがない。落ちこぼれと云われているが、実際のところどうなのか、興味があるんだ」

「いや、でも、使おうとしたってだいたい不発なんですよ。たまになにかが起きることもありますけど、決まって変なことになるし……知ってるでしょ?」

「うむ、だが構わない。どんな結果になっても文句は云わん。やってみせてくれ」

楓はそう云うと豊かな乳房を下から支えるようにして腕を組み、仁王立ちをして隼平を見据えてきた。こうなっては梃子でも動かないのが、楓という人だ。

「……どうなっても知りませんからね」

隼平はそう呟いて腹を括ると、右手を楓に向けた。そしてひとたび集中に入ると、内なる魔力が急激に高まっていくのを感じる。それを見通したのか、楓が目を瞠った。

「魔力集中は、速いじゃないか！」

そう、隼平は内的な魔力を練り上げることには長けていた。しかしそれだけでは、魔法は発動しない。問題は想像力、すなわちイメージだ。

イメージ。

魔法を使うには、自分がこれから発動する魔法のイメージが重要だと云われている。だから自分の魔法の系統なり属性なりがはっきりしていれば、手本があるのでイメージすることはたやすい。多くは両親の魔法を手本にする。しかし突然変異の隼平には、自分がどんな系統の魔法適性を持っているのかがわからない。ほとんどの魔法使いは風火地水、または木火土金水のどれかには引っかかるのだが、隼平はすべて駄目だった。才能がないのか、よほどマイナーな魔法の適性を持っているのか、一切が不明である。

――君はもしかして、エロ魔法使い？

突然、頭のなかにメリルの声が蘇った。せっかく楓と真面目な話をしてメリルのことなど忘れていたのに、急に思い出してしまった。するとまた腹が立ってくる。

——エッチなことが起きる魔法だと？　ふざけやがって、そんな魔法があるものか！

ソニアのパンツが見えたのはただの偶然だ。でもそういえば、今日の実習でペアになった女の子をずぶ濡れにしちゃったとき、ブラジャーが透けて見えたっけ。

それで彼氏が怒って喧嘩になり、隼平が教室を飛び出したというのが事の顛末である。

——あれ？

隼平は突然落とし穴に嵌まったような、愕然とした思いを味わった。と同時に集中が一気に乱れて、高めた魔力が霧消していく。

「隼平、どうした！」

楓にそう叱咤されて、隼平は慌てて魔力を練り直した。

——忘れろ！　エロ魔法なんてありえない！　俺の魔法は未知のなにかだ！

だが未知のなにかでは、魔法をイメージできるはずもない。正義と情熱と想像力を兼ね備えるレッドハートには程遠い。それでもそれが隼平の現在地であり、隼平はただただ魔法の成功を願って、いつもこんな祈りとともに魔法を試みるのだ。

「なんでもいいから、奇跡よ、起これ！」

果たして魔法が発動するような感覚はあった。だが。

「あっ」

楓がそんな声をあげるのと同時に、楓の制服のブラウスのボタンが上から三つ弾け飛び、三年生を示す青色のリボンがひらひらと花びらのように散っていった。そして半ば裂けたブラウスから、レースのあしらわれた紫色のブラジャーと、くっきりとした乳房の谷間が眩しさをともなって隼平の目に飛び込んでくる。そこに視線を吸い込まれながらも、隼平は自分がしでかしたことの重大さを悟って青ざめた。

「……ぎゃ、ぎゃあああっ！」

「ひ、悲鳴をあげるのはこっちだ馬鹿者おっ！」

いつになく高い声でそう叫んだ楓は、顔を真っ赤にしながら慌てて両腕で胸元を隠すと急いで修復魔法を唱えた。すると時間を巻き戻したように、床に落ちていたボタンがひとりでに浮かび上がり、切れた糸ともども元に戻っていく。これは生活魔法の一つで、物質にあらかじめ形状を記憶させておき、破損した際に術式一つで復元させるというものだ。

かくして裂けたブラウスは、リボンも含めて元通りになったが、楓はしばらく自分の胸元を自分で抱いたまま身動き一つしなかった。

一方、隼平はこの世の終わりのような気持ちになって、片手で顔の半分を覆っている。

「ああ、やばい、殺される……」

「い、いや、そんなことはしない。しないさ。ただ、その、なんだ。びっくりした……」

それで隼平と楓は、双方ともに頬を紅潮させながらしばし見つめ合った。まるでお互いの震える心を見ているかのように。やがて顔の半分を覆っていた手を下ろした隼平は、恥ずかしさと情けなさ、申し訳なさで項垂れた。

「すみません」

「そんな顔をするな」

楓はことさらに胸を張ると、大股で隼平に近づいてきて、その頭を犬にするように撫でた。それで隼平の顔にも笑顔が戻り、楓は安心したように微笑んだ。

「なかなかユニークな結果になったな」

「はは……」

「しかしこれでますますわからなくなった。今日はクラスメイトをずぶ濡れにしてしまったんだろう？　ソニアの足元にはバナナの皮を召喚した。私に対しては、制服のボタンがはじけ飛ぶという結果だ。これらの共通点はなんだ？　全部バラバラだぞ。魔法を見せてくれれば、なにか助言ができるかもと思ったんだが……」

楓は自分の無力さを噛みしめるように項垂れたが、隼平はもうそれどころではない。今の話で、楓の胸元を見てどきどきしていた気持ちもいっぺんに吹き飛んでいた。

——共通点がないだって？　いや、ある。ずぶ濡れにしたクラスメイトの透けブラ。ソ

ニアのパンツ。そして今度の楓さん。全部、エッチなことが起きている！

「嘘だ、ありえない」

信じたくないあまり思わずそう口に出してしまってから、隼平は自分の失言に気がついた。見れば楓が目を丸くしている。なんとかごまかそうと思って、隼平はこう云った。

「あ、いや、その……紫でしたね」

そう口走ってしまってから、たちまち青ざめる。紫とは、先ほど垣間見えた楓の下着の色のことであったが、しかし。

――俺はなにを云ってるんだ！　見なかったことにしないと駄目だろ！

今度こそ殺されるかと思って隼平は身構えたが、しかし案に相違して楓は顔を真っ赤にしながらうろたえている。

「いや、違うんだ。いつもはもっと地味なんだ。これはこのあいだ友達と下着を買いに行ったときに、強引に勧められて……でもせっかく買ったなら着ないともったいないから……今日は体育の授業もないし、誰にも見られることはないと……まさか見られるとは……」

そこで一呼吸おいた楓は、ほとんど懇願するような表情をしていた。

「はしたないと、思わないでくれ」

「いえ、似合ってましたよ。大人っぽくて」

「……ば、ばかもの」

いつも声を張っている楓が、珍しく蚊(か)の鳴くような声でそう云った。

そのとき、レッドルームの扉がいきなり外から開かれて、

「楓君」

と、男にしては甲高(かんだか)い声がした。楓は雰囲気(ふんいき)を一変させると、きびきびとした軍人的な動きで声のした方を振(ふ)り返(かえ)る。

「こちらです、奥村(おくむら)先生！」

そういえば、楓はソニアに教師を呼びに行くよう頼(たの)んでいたのだ。ずいぶん遅(おそ)かったが、やっと姿を現したというわけである。

「状況は把握(はあく)してるよ。先にほかの先生たちと壊(こわ)された物置の方に行ってたから、遅くなってしまった」

そう云って隼平たちの前にやってきた奥村教諭(おくむらきょうゆ)は、三十歳前後で眼鏡をかけた、長身だが細身でひょろ長い印象の男だった。雑にまとめた頭髪(とうはつ)といい、くたびれた背広といい、年齢(ねんれい)のわりに老(ふ)けて見える。魔法学校に勤務する教師ではあるが、魔法使いではない。担当教科は一般(いっぱん)科目の数学である。魔法学校だからといって国語や数学といった基本教科を

勉強していないはずがなく、それを教える教師は魔法使いでなくともいいというわけだ。

そんな奥村教諭は隼平を見ると挙手の挨拶をした。

「やあ、君が例の……通報者で問題児？　魔法、うまく使えないんだってねえ。でも授業をさぼっちゃいかんよ」

「……すみません」

そう素直に謝った隼平に、このとき楓がどことなく得意げに云った。

「そういえば初対面だったな。隼平、こちらが奥村先生だ。担当教科は数学、レッドハート・ブレイブの副顧問の一人であり、そして魔導更生院からの監察官でもある」

「知ってますよ。有名ですからね」

隼平がそう返すと、奥村が肩をすくめて笑った。

「悪い意味でだろ？　生徒からは嫌われてるの、知ってるよ。監獄のスパイだって」

「先生、そのような……」

楓は悲しそうな顔をしたけれど、奥村はゆるゆるとかぶりを振った。

「いいんだ、いいんだ。僕が学生の立場だったら、魔導更生院から出向してきてる教師なんて気に入らないと思うよ」

そこで奥村は隼平に視線をあて、眼鏡の奥の瞳を鋭く光らせた。

「魔導更生院……知ってるよね？」

「知ってますよ。一言で云えば、魔法使い用の少年院です」

「そう、魔法を使って喧嘩や万引きなどの犯罪行為をした少年少女、それに著しく素行不良な者を更生させるための施設だ。一般の少年少女なら厳重注意や保護観察処分で済むようなことでも、魔法使いがやると将来の危険分子とみなされ、更生院に送られる。僕は本来、そこの職員だ。それが学校で教師なんてやってるのは、学内で生徒たちを見張り、目に余る問題児を更生院へしょっぴくかどうかのジャッジを任せられているからだ」

隼平は自然と眉をひそめていた。奥村の本職がそれであることは知っていたが、改めて聞かされると胸がむかむかしてくる。

そんな隼平を宥めようと云うのか、楓もまた奥村の側に立って云った。

「必要なことだぞ、隼平。非行にはしると云っても、一般人のそれと魔法使いのそれとでは社会にもたらす危険の度合いがまったく違う。事が起きてからでは遅い。学校の内側から我々に目を光らせる大人の存在はかかせないのだ」

その良い子ちゃんぶった物云いが、隼平の癇に障った。

「ずいぶん聞き分けがいいんですね」

「私は法に服従した身だからな。それに私の父も魔導更生院で働いている」

「えっ、そうなんですか？」

驚く隼平に、奥村が笑いを含んだ声で云った。

「楓君のお父さんは、なんと魔導更生院の次長だよ。院長の次に偉いの。僕もずいぶんお世話になっていてね、楓君のこともよく頼まれているのさ」

「なるほど……」

どうりで親しげなはずである。得心のいった隼平に、楓は淡々と云った。

「立場上、奥村先生を疎んじる生徒も多いが、決して悪い方ではない。社会秩序を維持するために働いておられる。個人的にも尊敬できる方だ」

「ははは、そう云ってくれるのは君だけだよ」

奥村は肩をすくめて笑ったが、すぐに真面目な顔に戻って隼平に云う。

「君は今日、友達と喧嘩をして教室を飛び出し、そのまま授業をさぼったね。それは別にいいんだけど、くれぐれも自覚したまえ。魔法使いはみんな見えない凶器を持っている。事件や事故を起こせば、自由がなくなるぞ。もうすぐ夏休みだけど浮かれないように」

「……はい」

隼平は煮え湯を飲むような気持ちでそう返事をした。奥村は一つ頷くと、先ほど楓が座っていた椅子にどっかりと腰を下ろし、脚を高く組んで楓を見た。

「じゃあそろそろ本題に入ろうか。と云っても今度の件は警察に任せることだから、あんまり気にしなくていい。生徒に怪我とかなくてよかったよ。責任問題になっちゃうからね」

奥村はそう云って笑うと、いつまでも立ち尽くしている隼平を怪訝そうに見た。

「ああ、君はもういいよ。帰って。残りの授業にはちゃんと出てね。あ、それとこの件は口外しないこと。SNSなんかにも載せちゃ駄目だよ？　違反したら指導がいくからね」

「はい、失礼します」

隼平は奥村に一礼すると、楓にも目顔で挨拶をして踵を返した。部屋を出て行こうとしたところで、楓が思い出したように声をかけてきた。

「隼平。レッドハートを忘れるなよ」

「……はい」

とは云ったものの、自分の魔法がエロ魔法かもしれないと疑い始めた隼平は及び腰であった。もし本当にそうならば、いったい誰がそんな魔法を受け容れてくれるだろう。世間の笑いものになるだけではないか。それなのに。

――楓さんと話してると、それこそ魔法にかかったみたいになってしまう。

自分のなかに眠っている魔法を使いこなしてみたいと、落ちこぼれのくせにどうしても夢を見てしまうのだ。たとえそれがエロ魔法であっても。

第二話 メリルのひみつ大作戦

　メリルの侵入事件から数日が経ち、夏休みになった。

　日本国の法律では、魔法使いは魔法学校に通うことが義務づけられている。しかしその魔法学校は、札幌、仙台、東京、名古屋、大阪、広島、福岡の七校しかない。そのうち東京校は初等部から高等部、そして日本で唯一の魔法大学が同じ地区にあって一つの学生街をなしており、その一角に学生寮もあった。これは実家の通学圏内に魔法学校がない生徒に対応するためのもので、建物自体は一般的なタワーマンションと変わりない。ダークグレーの外観をした四十階建てで、一階のエントランスには売店もある。

　そんな学生寮の十九階にある一室で、隼平は今、ベッドの上に仰向けになって天井を眺めていた。つけっぱなしにしてあるテレビの音を除けば、とても静かだった。寮自体が、しんと静まり返っているかのようである。それもそのはず、夏休み初日の昨日のうちに、寮生たちの多くは荷物を纏めて実家に帰っていた。だが隼平には帰る家がない。今の実家は東京にあるが、継父との折り合いが悪くて帰れないのだ。だから今日の時点で寮に残っているのは、隼平のようなわけありか、もしくは学校関係の活動がある者だけだった。

「そういえばメリルの一件、どうなったかな……」

夏休み直前に起きたあの事件について、犯人であるメリルが逮捕されたという話は聞かない。ニュースでも『魔法学校に不審者が侵入』と小さく報道されただけである。

また一昨日、つまり終業式の日に楓とばったり出くわしたとき、メリルの件について訊いてみるとこんな答えがあった。

——捜査自体は警察に任せることになった。だが彼女がふたたびこの学校に入ってくるようなことがあれば、必ず私が撃退する。

「あのときの楓さん、妙に物々しかったなあ。まあメリルのやつ、『またねー』とか云ってたし、楓さんとしては警戒して当然か。ていうかメリル、メリルめ！　あいつがエロ魔法なんて云うもんだから、俺は無駄に悩んでしまっているんだぞ。くそっ……」

エロ魔法という言葉が、心のどこかに棘のように刺さって抜けない。まだ信じたわけではないが、ソニアたちの下着を連続で見てしまった事実をどう受け止めればよいのか。

「偶然？　いや、でもそんな偶然があるか？　じゃあ、エロ魔法ってマジ？　だとしたら俺はどうすれば……くそっ、恨むぜメリル。でも悪いやつじゃなさそうだったよなあ」

隼平はメリルの天真爛漫で魅力的な笑顔を思い出しながら、考えることに疲れて頭を横に倒し、視線をテレビに戻した。ちょうどCMが明け、テレビにいきなり、銀髪に紫の目をした美少女がバニースーツ姿で現れた。メリルだった。

「はっ？」

隼平が我が目を疑うのと、メリルがカナリアのような声で話し出すのは同時だった。

「やっほー！　全国のお兄ちゃんお姉ちゃんこんにちは！　メリルはメリル！　歴史に名を残す大大大魔法使いメリルだよっ！　よろしくメリル！」

「えっ、えっ、メリル？　メリルじゃん。いや、おまえ、なにやってるの」

隼平は文字通りベッドから転げ落ちると、急いでテレビにかじりついた。メリルは頭につけている兎の耳飾りの横で猫の手をすると、頭をふりふり話し出す。

「あのね、今日はね、メリルみんなにお願いがあって、テレビラジオパソコン携帯デバイス……日本中のありとあらゆるAV機器を魔法で電波ジャックしました！」

「はあ？」

――日本中のテレビや携帯デバイスを全部？　うっそだろ、おまえ。

隼平が唖然茫然としているあいだも、メリルは景気よく喋り続けている。

「えっとね、順番に話すから聞いてね。この世界には昔から魔法使いがいたよね。この国では陰陽師なんて呼ばれていた時代もあったかな？　それで魔法使いと非魔法使いは喧嘩もたくさんしたけど、二度の世界大戦を経て、人類が『戦争なんてもうこりごりメリル』って時代になってからは、仲良く暮らしていくための色々なルールができたよね。でも今から十年前に、この日本って云う国で、そういうルールを全部無視して、これはやっちゃ駄目でしょってことをやろうとした魔法使いがいたのね」

「十年、前……？」

――いや、たしかに六百六十六歳とか云ってたけどさ。

自称六百六十六歳のメリルは、身振り手振りを交えて元気に語っている。

「それでねそれでね、メリルって基本旅人だから、大抵のことには知らんぷりして関わらないんだけど、そのときは怒ったの。怒ったから、その人の計画を組織ごとぶっ潰しちゃった。まあ具体的にどんな悪さをしていたかって云うのは、被害者のことがあるから云えないんだけど、メリルって基本的に人殺しはしないから、その人たちが使ってた施設とか機材とか研究成果とかを破壊しただけで、命は取らないであげたの。お仕置きはしたけどね。それでそのあと、世界中に流出した研究成果の残りを壊して回ってたの。このくらいの指輪なんだけどね」

メリルは親指と人差し指でわっかを作り、歌うような口調でなおも云う。

「で、その指輪を追いかけて見つけて壊して回ってるうちにまた日本に来て、ちょっと某所に忍び込んだりしたんですけど、そのあと色々調べたら新たな事実が判明しました。十年前の計画の関係者が、ここ数年で立て続けに意識不明になって入院しているのです」

「……え」

明るい調子で云われるものだから、隼平は一瞬理解できなかった。

――意識不明？　入院？　それって、誰かになにかされたってこと？

もしそうだとすれば、とんでもないことだが、メリルの話はまだ続いている。

「それでメリルは考えました。今になって指輪が日本で見つかったことと、この一連の意識不明事件って、なにか関係あるのかな？　ないのかな？　偶然？　必然？　メリルわかんない。もし関係あったとしたら、それって指輪を持ってる犯人は十年前の計画に一枚噛んでて、しかも反省してなかったってことだよね。メリルびっくり。せっかく命は助けてあげたのに、結構骨とか折ってあげたのに、全然懲りてなかったなんて！」

そこでメリルは言葉を切り、こほんと咳払いした。

「さてさて。ここでメリルから提案です。現在指輪を持ってる誰かさんへ。自分が一連の事件と関係ないって云うなら、八月X日の夕方六時に、東京都S区にあるA公園噴水広場まで指輪を持ってきてください！　それでメリルに指輪を大人しく引き渡すなら無関係だと思ってあげまーす。もし来ない場合は有罪とみなしまーす。わかった？」

「うわあ」

思わずそんな声が出た。

そもそもメリルは肝心なところを隠している。十年前にメリルが潰したという計画はどういったものなのか、指輪はその計画でどんな役割を果たし、なぜ破壊する必要があるのか。それがわからない。真実を話しているという保証もない。

よしんば真実を話していたとしても、彼女は先日、魔法学校に不法侵入して施設を破壊しているし、今日は電波ジャックをしている。当然、どちらも犯罪行為だ。そんな人間が指輪の持ち主に呼びかけたとしても、当日A公園にやってくるのは大勢の野次馬と、そして警察の魔法犯罪捜査課かもしくは魔導機動隊であろう。それなのにこんな大っぴらに顔を出して堂々と呼びかける精神は、度胸満点と云おうか、お天気頭と云おうか。

「おまえの計画、杜撰すぎるだろ……」

そう呆れ果てた隼平をよそに、メリルは呑気に手を振って云う。

「じゃあねー。八月X日に会いましょう！　ばいばーい！」

そして次の瞬間、電波ジャックが終わってテレビの映像は元に戻ったが、もう番組どころではない。まもなく、この件はＳＮＳを含めた世間で大騒ぎになった。

その日の夜、魔法学校から校長の名前で全生徒にあててメールが送信された。そこに書かれてあったことを要約すると、メリルについては既に警察が対応にあたっているから心配はない、生徒諸君はいたずらに騒いだりせず、事態を静観すること。野次馬根性を出して当日Ａ公園に行くことは言語道断であること。諸君の軽率な行動によって魔法使いの社会的信用が揺らぎかねないことを念頭において生活すること。そして念のため、当日は自宅待機、寮生は外出禁止を申し渡す、というものであった。

「……大人がなんとかするから子供はなにもするなってことか。まあ、別にいいけど」

メールに目を通した隼平は、携帯デバイスを充電台に置くとベッドに寝転がった。

あれからネットで情報を集めて回ったところによると、どうも世間はメリルのことを、愉快犯の類が現れて騒動を起こし始めたといった感じで受け止めているらしい。危険なテロリストが現れたとは思われていないようだ。隼平としても同意見である。

――あいつはちょっと頭おかしいけど、俺のことをエロ魔法使いなんて云いやがったけど、悪いやつじゃないだろう。たぶん。

それにしてもこの一件はどういう落着を見るのか。メリルは逮捕されるのか。それとも逃げ果せるのだろうか。その場合、指輪の奪取や破壊に成功するのか。

――指輪。指輪ってなんだよ。どういう由来のものなんだ？　被害者がどうこう云ってたけど、もしもおまえに正義があるなら、電波ジャックしたときに全部ぶちまけてしまえばよかったのに。そうすれば、世間を味方につけることもできたかもしれない。なぜ、それをしなかったんだ？　おまえのことがわかんねえよ、メリル。

そうしたことを徒然に考えているうちに、隼平はいつしか眠りに落ちていた。

数日後、メリルの指定した八月X日を間近に控えたある日、コンビニで昼飯の弁当を買って帰ってきた隼平は、学生寮一階のエントランスホールで楓とばったり出くわした。

「楓さん」

「やあ、隼平。久しぶりだな」

今日の楓は白い半袖のシャツにブルージーンズという恰好であった。

「私はこれからレッドハート・ブレイブのみんなと昼飯だ。おまえも来るか？」

「行きません。ていうか、これが見えないんですか。弁当を買ってきたところですよ」

隼平はそう云いながら、右手に持っていた弁当のレジ袋を軽く掲げた。それを見て楓がちょっと寂しそうな顔をする。

「そんなこと云って、いつも私の誘いを断るんだな」

それはその通りで、隼平は気まずくなり、話を変えようと思ってこう云った。

「ところで楓さん、帰省してないんですね。レッドハート・ブレイブの活動ですか？」

「うむ、たしかにレッドハート・ブレイブの仕事や剣術稽古で、おまえにも構ってやれないくらいだった。だが帰省していないのは……実は私も、実家とは折り合いが悪いんだ」

意外な告白に隼平は目を丸くした。楓は優等生だったから、家庭環境も当然円満だろうと思っていたのだ。そんな隼平をくすりと笑って楓が云う。

「みんな色々あるんだよ。ところで隼平、夏休みはどうだ？　勉強はしているか？」

「ええ、まあ。俺ができないのは実技だけで、ペーパーテストは平均取れてますから」

「ならばよし。あとはメリル……の件だが」

「もう明後日でしたっけ。云われなくても野次馬なんかになりませんよ」

「実によし」

楓は笑って隼平の肩を叩き、そのますれ違って寮の外へ出て行こうとした。それを横目に見ながら、隼平は云う。

「でもメリルの云ってたことは、ずっと気になってるんですよね。指輪だの、被害者だの、十年前に計画を潰しただの……」

　すると楓はぴたりと足を止めて、隼平に視線をあてた。

「ほう、興味が出てきたのか」

「だって俺、メリルと直接会ってますから。多少はね……楓さんは、どう思います？」

「どうと云われてもな、私にはなにもわからないさ。真実は、彼女を捕まえて問い詰めるしかない。それでも一つだけ、はっきりと思うところがある」

　そこで楓は隼平に向き直ると、伏せてあった手札を明かすようにこう云った。

「メリルは十年前に事件があり、それに関わっていた複数の人間が意識不明になっていると云っていたな。それが本当なら、そんなことをしている者は許しておけん。しかしだからといって、指輪の持ち主が大人しく指輪を渡さなかったらその事件の犯人だと決めつけるのは、いささか乱暴ではないか。指輪の持ち主が潔白だった場合を考えてみろ。その人は、不当な脅しをかけられたと思うはずだ」

「まあ、たしかに……」

　隼平の見たところメリルは悪人というわけではなさそうだったが、目的のために手段を選ばないところがあるのは事実だ。それが楓の目には理不尽に映るのであろうか。

「うーん……でも指輪ってのは十年前の計画とやらの研究成果で、それに関わっていた人が意識不明になってるなら、関連づけるのは仕方がないんじゃないですか？」

「隼平、証拠もないのに一方的に疑いをかけて、犯人じゃないなら指輪を渡せというのは立派な脅迫だ。メリルの目的が意識不明事件の解決だというなら協力もしたいが、そのために無実の人間をあてずっぽうで脅していくなら、そんなやり方、私は絶対に認めない」

そこまではっきり云われると、隼平はもうなにも云えなかった。一方、話しているうちに熱が入ってきたのか、楓は珍しく饒舌だった。

「もし当日、メリルが私の前に現れるようなことばあれば、私が決着をつけてやろう」

「当日って、なんのことです？」

隼平がそう訊ねると、楓は一瞬面食らったような顔をしたあと、苦笑いを浮かべた。

「しまった、口が滑ったな……」

「……喋りにくいことなら、聞かなかったことにしてもいいですよ？」

「いや、いい、話す。実はな……明後日、メリルの指定した八月X日、レッドハート・ブレイブはS区のA公園に行くことになった」

今度は隼平が面食らう番だった。

「ええっ、マジですか？　魔法学校の学生は全員自宅待機じゃ？」

「いや、それがレッドハート・ブレイブだけは別なんだ。メリルはあの放送を通じてA公園に指輪を持ってくるよう要求したわけだが、尋常に考えて来るわけがない。仮に来たくても来られない。当日、A公園は警察によって封鎖されることになっているからな」

「メリルを逮捕するためですか？」

「そうだ。彼女は魔法学校への侵入と電波ジャック、二つの容疑がある。警察としては動かないわけにはいかない。そしてもう一つ予想されるのが、大勢の野次馬だ」

たしかに公共の電波をジャックしてあんなことを云った以上、物見高い暇人たちが集まってくるのは目に見えている。

「この野次馬の対処や交通整理に、我々が駆り出されることになったというわけさ」

「ああ、なるほど……」

優等生の集まりであるレッドハート・ブレイブは、こういう場合、黙って協力するのが当たり前である。社会に魔法使いの有用性を示すという設立理念にも適っている。

「それは暑いのに大変ですね。がんばってください、応援してますよ」

隼平は他人事だと思って爽やかに笑った。このときはまだ、あんなことが起きるとは夢にも思っていなかった。

◇

八月盛夏、Xデー。いよいよその日がやってきた。予告通りなら、今日の夕方六時にメリルがA公園に姿を現すはずである。楓たちレッドハート・ブレイブは朝早くからA公園に出かけて野次馬の対処にあたっているのだろうが、隼平は速報を気にしつつも自宅待機の命令を守って、寮の部屋でのんびりと過ごしていた。

そして夕方が過ぎ、夜になって、隼平を愕然とさせる一報がニュース番組の女性アナウンサーによってもたらされた。

「近藤さんは魔法学校東京校の高等部の教師で、学校のボランティア活動で同公園を訪れていましたが、公園内で血を流して倒れているところを発見されました。呼びかけには応じており、病院に運ばれましたが命に別状はないと云うことです。現在警察は近藤さんの回復を待って事情を聞く方針ですが、状況から魔女メリルに襲われたとみられ――」

それを境に、メリルの評価は一転した。バニースーツの愉快犯から、罪のない教師に全治一ヶ月の重傷を負わせた凶悪犯になったのだ。

翌日、学校で生徒および保護者を交えた緊急全校集会が開かれた。夏休み中の急なこと

だったから、遠方に帰省していたり旅行中だったりで全員が出席できたわけではない。それでも全生徒の八割が登校してきたように思う。

　時刻は午前十時、高等部の敷地にある講堂では、生徒たちがクラスごとに列を作って並び、後ろはパイプ椅子が並べられて保護者席となっていた。

　校長が登壇すると、まず挨拶が行われ、保護者が着席し、生徒たちは膝を抱えて床に座り、それを待って校長が口を切った。

「では昨日、あの公園でなにがあったのか、順を追ってお話しいたします」

　それによると昨日、レッドハート・ブレイブはいつものボランティア活動の一環として、野次馬対策のため、顧問の教師たちに引率されてA公園へ向かった。だがメリルの指定した夕方六時になってもなにも起きず、誰も現れず、そのまま一時間が過ぎ、現場で今後の方針をどうするかが話し合われたのだと云う。

「話し合いは公園内に設置されたテントで、各関係者の代表が集まって行われました。我が校からはレッドハート・ブレイブ主任顧問の近藤先生、副顧問の奥村先生、それに現団長の土方楓君が参加しました」

　そして警察はともかく、野次馬が散り始めていたこともあり、学生であるレッドハート・ブレイブは現時刻を以て撤収することになった。

話が決まってテントを出た近藤教諭たちは二手に分かれた。近藤教諭は生徒たちの移動用のバスの運転手と連絡を取るため一人離れ、奥村教諭と楓はほかのレッドハート・ブレイブ団員たちにこのことを報せに向かったそうだ。

しかしそれきり近藤教諭と連絡がつかなくなり、バスも来ないのでおかしいと思っていたら、公園内で血を流して倒れている近藤教諭が発見され、騒ぎになったと云う。

報道では知らされなかった真実を告げられ、隼平は呆気に取られてしまった。

「校長先生！」

普通であればありえないことだが、このとき隼平はなにかに衝き動かされ、全員が膝を抱えて座っていたのが一人だけ立ち上がり、挙手をしていた。

校長はちょっと戸惑ったように隼平を見たが、発言を制しはしなかった。

「なにか質問かね？」

「はい。あの、それじゃあ、メリルが近藤先生を襲うところは誰も見てないんですか！」

それには講堂中がざわめきに満ちた。昨夜からの報道ではメリルが近藤教諭を襲ったと断定的に報道されていたのに、今の話だとそうとは云えなくなってくる。きっと皆、胸中では隼平と同じ疑問を懐いていたから、こうしてざわめいているのだろう。

果たして校長は大きくうなずくと、隼平にと云うより全員に向かって云った。

「実はそうなのです。マスコミはさもメリルが近藤先生を傷つけたように報道していますが、証拠や目撃情報があるわけではありません。ただあの場で近藤先生を傷つける者がいるとすれば、それはメリルをおいてほかになく、彼女が最重要容疑者という事実は変わりません。いずれにせよ、我々にできることは警察の捜査が進展するのを待つことだけです。学校側としては、今わかっていることだけをお伝えすることしかできません」

「そんな——」

隼平はなおも文句をつけたかったけれど、校長は彼なりに説明責任を果たしていると思い直し、引き下がってふたたび床に座った。それを見て、校長は話を先に続けた。今回のことで動揺せず、夏休みを終えるまで自覚をもって生活してほしいとか、保護者からの質問に移ったりしていたが、隼平にはもう聞こえていなかった。

午前十一時過ぎには、全校集会も解散となった。隼平もまた寮に帰るつもりで校庭を歩いていたのだが、正門へ続く並木道に差し掛かったところで後ろから声をかけられた。

「隼平」

その声に振り返ると、制服姿の楓が立っていた。その傍らにはソニアの姿があり、さらにはレッドハート・ブレイブのメンバーと思しき総勢十六名の男女が勢揃いしている。彼ら彼女らの視線は隼平に注がれていたが、とりわけソニアは隼平をきつく睨んでいた。

そのなかで隼平に微笑みながら話しかけてきたのは、やはり楓であった。

「さっきは目立っていたな。校長に向かって質問するとは驚いたぞ」

「楓さん、あの……」

もし楓に会えたら昨日のことを詳しく聞こうと思っていた。しかし。

「悪いがなにも答えられない。昨日の件については、学校からも警察からも口止めされていてな。ここにいるレッドハート・ブレイブのみんなにも話していないくらいだ」

「そ、そうですか……」

出鼻をくじかれ、隼平は肩を落としたが、楓がはっきりそう云った以上は訊くだけ時間の無駄である。それにしても、どうして自分は先ほど校長にあんなことを訊いてしまったのだろうか。心の底では、メリルのことを深く気にかけていたのだろうか。そしてソニアはどうして先ほどから隼平を睨んでいるのだろう。

ソニアは相変わらず美しい。腰まである黄金の髪の輝きも相俟って、黒髪の日本人たちに囲まれていると、そこだけ金のスポットライトで照らされているかのようだった。そんな美少女に針のような視線を浴びせられ、隼平も気づかぬふりはできなくなった。

「あのさあ、なんでそんなに俺を睨むの？」

隼平がそう思い切って問いかけると、ソニアは刺々(とげとげ)しい口調でこう云った。

「あなたのせいで近藤先生がお怪我(けが)をされたからですわ」

「は？　お、俺のせいだと！」

隼平はまず愕然とし、それから憤激(ふんげき)に駆られてソニアに詰め寄(よ)った。

「なんの冗談(じょうだん)だ？　俺は昨日はずっと寮にいたんだぜ？」

「しかしそもそも、あの日あなたがわたくしの邪魔(じゃま)をせず、的確に援護(えんご)をしてくれていれば、メリルを捕縛(ほばく)していたのです」

「あの日って……」

メリルがこの学校に不法侵入した日のことを、云っているのであろう。そうと心づいて、隼平は呆れかえった。

「まだそのことを蒸(む)し返すつもりなのか」

「わたくしだって、昨日までは水に流すつもりでしたわ。でも近藤先生は大怪我で、一歩間違(まちが)えば死ぬところでしたのよ！　恨(うら)み言(ごと)の一つくらい、甘(あま)んじて受けてくださいまし！」

「なにを……！」

「あなたのことは少し調べました。ペーパーテストは平均ですが、実技がからっきしで、魔法がコントロールできず、不発や暴走がざらだとか。あなたのような劣等生(れっとうせい)は、さっさと魔法を封印されてしまった方が世のため人のためですわ！」

「このっ！」

ソニアの云うことには一理ある。だが一理あるだけに、却って傷痕をえぐられたように感じ、隼平はソニアに詰め寄ろうとした。そこへ楓が体ごと割って入る。

「よせ、隼平。ソニアも言葉が過ぎるぞ」

しかしソニアは豊かな胸乳を下から支えるようにして腕組みすると、鼻先を持ち上げて隼平を見下ろしてきた。

「わたくしはなにも間違ったことは云っていませんわ。落ちこぼれは落ちこぼれです」

「この、野郎……」

するとソニアは目を細めて、隼平を嘲弄した。

「せめて女郎とおっしゃい。日本語の成績まで『不可』なのでしたかしら？」

「ぐ、ぐぐぐ……」

隼平は怒りとともに、体の奥から漲ってくるものを感じた。魔力が、水のように全身に満ちていく。それを素早く感じ取ったのか、楓が顔を強張らせた。

「これは、魔法か！　よせ、隼平！　喧嘩で魔法など使えば、ただではすまないぞ！」

「いや、待って団長」

と、このとき隼平たちを遠巻きにしていたレッドハート・ブレイブの一人、三年生の男子がそうくちばしを容れてきた。眼鏡の彼は、隼平を見て目を瞠っていた。

「内なる魔力の高まりを感じる。彼の全身に魔法の力が充ちていく。この短時間でこれほど……素早く、そして力強い。これで落ちこぼれなんて、そんなことがあるのか？」

その尾について、別の三年女子が云う。

「プロセスはできてる……でも魔法が発動しないってことは、自分がどういう魔法を使うのか、きちんとイメージできてないだけなんじゃないの？　ねえ、君！　君の家系はどんな魔法使いがいるの？　近親者を見れば、自分がどんな魔法に適性があるのかわかるはず。あとはそれをイメージすれば……って、聞いてない！　トランスしてる！」

そう、魔法に集中している術者にはよくあることだが、隼平はいま一種のトランス状態に入っていた。先ほどからの諸々の会話も、耳には聞こえていたが頭には聞こえていない。

「まずい……」

と、楓が口走った。このままでは隼平は、魔法を私闘に用いた者として処罰される。学内での処分で済めばまだよいが、ソニアが怪我でもしようものなら魔導更生院行きだ。

「隼平！」

一か八か、楓は隼平の頬を思い切りひっぱたいた。それで隼平は正気に返ったが、しかしはずみで魔力と魔法が連絡した。そして太古から奇跡の力と呼ばれているものの片鱗が浮かび上がり、魔法は現象として発動する。

とはいえ、自分の魔法適性を知らない隼平は、例によってきちんと魔法がイメージできていたわけではない。ただソニアに一矢報いてやりたかっただけだ。その気持ちだけで発動した魔法は、風を呼んだ。その風が、ソニアの白いスカートを景気よくめくり、空色をした目もあやな布切れが目に飛び込んできて、隼平は思わず真顔になった。

――ライトブルー……って、そうじゃねえ！　またか！　またなのか！

隼平の魔法が風を呼び、風はソニアのスカートをめくった。またしても隼平の魔法で、エッチなことが起きてしまった。これで四度目だ。

――嘘だろ、俺？

一方、ソニアはなにが起きたのかわからない様子で硬直していたが、

「……きゃ、きゃあああっ！」

やっと悲鳴がほとばしり、慌ててスカートを直した。そのときにはもう風は去っている。しかしあまりのことに、誰もなにも云わない。楓たちは皆、微妙に隼平とソニアから目を逸らしている。ソニアは両手でスカートの裾を押さえ、うつむきながら小刻みに肩を震わせていた。そして隼平は、この沈黙をどうにかせねばならぬと考えていた。

「あの、わざとじゃないんだ。正直おまえにむかついて、この野郎ってつもりで自分でもよくわからないまま魔法を使っちゃったけど、まさかこうなるとはね。ははは。いやまったく、なんで俺が魔法を使うと、こうなっちゃうんだろうな……」

――エロ魔法使いだからメリル！

と、想像上のメリルがそう云って隼平の心にハンマーの一撃を叩き込んだとき、怒りの気配を起こしたソニアがうつむいたまま、恐ろしいほど冷ややかな声で云った。

「わざとではないのですね」

「も、もちろん」

「よろしい、わかりました。では死刑！」

顔をあげたソニアの美しい顔は殺意に塗れていた。そしてそのまま隼平に向かって一歩を踏み出し、右腕を振り上げる。隼平は完全に呑まれてしまって動けない。

「ぶち殺し……」

「待て待て待て！」

楓が慌てた声をあげる。それと同時に二人の女生徒がソニアを両側から押さえ込んだ。

「ソニアちゃん落ち着いて」

「減るもんじゃなし、いいじゃないのさ」

「だって二回目ですのよ！　あのバナナの皮の一件まで、誰にも見られたことありませんでしたのに！　二回も！」

と、わめくソニアに、今度は楓が云った。

「事故だ、事故。不可抗力だ。そうだな、隼平？」

「も、もちろん」

隼平は壊れた人形のように何度も首を縦に振っていた。

そのあと全員でどうにかソニアを宥め賺し落ち着かせると、ソニアもようやっと殺意を抑えてくれたようである。が、隼平を見る目から敵意の光りは消えていない。

「……わかりました。殺すのはどうにか我慢してあげましょう。しかし先ほどの無礼の落とし前はつけてもらわねばなりません」

「と云いますと？」

「決闘ですわ！」

これには全員が度肝を抜かれた。魔法学校には、互いにどうしても譲れない主張がある場合、魔法を用いた一対一の尋常な勝負を行い、これに勝った方の意見を通すという風習が昔からある。ソニアが切ったカードはこれであった。

「よろしくて？」

「いや……」

全然よろしくない。ソニアを相手に決闘などすれば、痛めつけられるのは目に見えている。しかしながら女に戦いを挑まれて逃げるのも面子が立たぬ。隼平がどう返事をしたものか判断に迷っていると、楓がソニアに云った。

「この場合の決闘とは、先ほどの辱めの腹癒せをしようというのだな。だがそれでは私闘だ。決闘の条件は成立しない。魔法学校において決闘が認められているのは、互いの主張がぶつかりあい、しかもどちらにも理がある場合に決着をつけるためなのだ。私的な復讐にこの制度を利用することは許されない」

「そ、そうだ！」

顔を輝かせて楓の言葉に乗っかる隼平を、ソニアが鼻先でせせら笑う。

「楓さん、そのようなことは百も承知ですわ。ところでこの一ノ瀬隼平という男は、怒りを制御できず、わたくしに魔法で攻撃しようとしましたわね。結果はわたくしのスカートがめくれるというものでしたけれど、わたくしはその行為に対して断罪を要求します」

「それはおまえが挑発するから――」

そう反駁した隼平は、そこではっと気づいて口をつぐんだ。ソニアはいよいよ勝ち誇ったように笑う。

「つまりわたくしが原因を作ったから、罰を免除せよと云いたいのでしょう。ならば決闘の条件は成立いたしますわ。あなたの行為に対し、罰を与えるべきか否か。どうです？」

するとと楓はしばし思案顔をしてから云った。

「それならたしかに、決闘してもいいだろうな」

楓のなかで天秤がそう傾いたのを悟って、隼平はたちまち憮然とした。が、こうなると道理は通っている。結局、自分の蒔いた種ということだ。

楓は隼平を見ると云った。

「どうする、隼平。受けるか？　受けないなら、おまえは自分のしたことにそれ相応の責任を取らなければならない。怪我人が出なかったとはいえ、だ」

「……わかりました。いいですよ、上等ですよ」

落ちこぼれの自分がソニアに勝てる見込みはない。しかし隼平にだって意地がある。楓の前で情けない姿は見せられないし、そしてなによりソニアが気に入らなかった。

「こうなったらやってやる！　おまえをぶちのめして無罪放免を勝ち取ってやるぜ！」

それを聞いて、ソニアが我が意を得たりとばかりににんまり笑った。

「ではよろしいですわね？」

「ああ、よろしいよ」

するとソニアは携帯デバイスを取り出して、レッドハート・ブレイブの女子たちが覗き込むのも構わずなにか入力を始め、やがてデバイスから顔を上げて云う。

「三日後の午後一時に魔導戦闘教練ドームの使用許可を取りましたわ。御存じだとは思いますが、緊急時を除いて戦闘魔法はドームでしか使ってはいけないことになっています」

「なるほど。じゃ、それが決闘の日時と場所ってことでいいんだな？」

「ええ。逃げずに万全の体調でいらっしゃい」

「おまえこそ、イギリスに帰らなくていいのか？」

「御心配なく。わたくしは留学生ですけれど、レッドハート・ブレイブの一員として夏季休暇中も日本に滞在しています。ちなみにあなたと同じ学生寮住まいでしてよ。ほほほ」

「そうなんだ」

——そう云えば寮で見かけたことがあるような、ないような。

隼平は記憶を浚い、しかしどうでもよいのでかぶりを振ると踵を返した。

「じゃあ三日後にな」

「ええ、三日後に」

そうして歩き出す隼平を引き留める者は誰もおらず、ソニアとの決闘が決まった。

第三話 支配と転生

三日後、決闘当日の朝、午前六時。隼平は学生寮から少し離れた公園に来ていた。

その公園はそれなりに広く、土のグラウンドとテニスコートが一面ずつあり、また鉄棒などが設置されていて手頃な運動ができる。隼平は特に武道やスポーツをやっているわけではないが、少しくらいは体を鍛えておかないと男として情けないという思いがあり、ジョギングの途中でこの公園に寄って軽く体を動かしていくのが習慣になっていた。

だが今日の隼平は、グラウンドでも鉄棒などの器具でもなく、こぢんまりとした野外ステージにやってきていた。町内のイベントにもってこいといった感じの、ちょっとしたコンサートくらいは開けそうなステージが、公園内にあるのだ。

時間が早いせいか、ステージには誰もいない。隼平は客席のあいだを足早に通り過ぎると、コンクリートのステージに飛び乗ってそこに腰かけた。

「……いよいよ今日か」

今日の午後一時が、ソニアとの決闘である。きっと一方的にいたぶられるのだろうが、せめて一矢報いてやりたい。

「俺が落ちこぼれじゃないってことを証明できたら……でも、どんな魔法なら使いこなせるんだ、俺は。くそっ」

「だから君はエロ魔法使いだって」

突然、聞く耳がとろけそうな声が降ってきて、隼平はぎょっとして背後を振り仰いだ。

そこに巫女装束姿のメリルが立っていた。緋袴のようなスカートが可憐だったが、今の隼平にはそれに見とれている余裕もない。

「お、まえ……メリル！」

「やほー。元気、隼平？　久しぶりだね」

「ひ、久しぶりだね、じゃねえよ！」

隼平はステージの床に手をついて立ち上がると、メリルからちょっと距離を取った。

「おまえ、自分がどういう立場かわかってるのか！　殺人未遂の容疑者扱いだぞ！」

「うん、まあなんとなく？」

「なんとなくって……だいたい、その恰好はなんだよ？」

初めて会ったときのメリルはお姫様のようなドレス姿だった。それがソニアと戦ったときにはチャイナドレスに着替え、先日の電波ジャックのときはバニースーツで、今日は神道の巫女装束である。メリルは巫女装束の襟ぐりを軽くつまんで胸元を見せるようにしながら、なんでもないように答えてくれた。

「あのね、メリルは着る服によって使える魔法の系統が変わるスタイルの魔法使いなんだよ。なんでもできるけどお着替えが必要なの。便利で不便、でも楽しい！」

「い、衣装によって魔法の系統が変わる？」

「うん、そう！　ちなみにこの服は結界系の魔法が使えるようになるんだ」

「結界……？」

そう繰り返してから、隼平ははっとして辺りを見回した。見たところ、これといった変化はない。八月の早朝、明け離れていく空の下にいる。まだ涼しい時間帯だが、散歩している老人の姿もないのは訝しい。と、そんな隼平の反応を見てメリルが嬉しそうに笑う。

「勘がいいね。邪魔されたくないから、メリルここに結界張っちゃった。二人きりでお話ししたいことがあったの。お願いしたいこともあるし」

「俺にお願い……？」

隼平は驚いた。メリルのような凄腕が、落ちこぼれの自分にいったいなにを頼むというのか。だがそれよりなにより、メリルに会ったら絶対に訊かねばならぬと思っていたことがある。隼平は深呼吸すると、緊張の面持ちで口を切った。

「その前に一つ聞かせろ」

「エロ魔法のこと？」

その返しに、真剣な話をしようとしていた隼平はがっくりと膝をつきそうになった。

「た、たしかにそれも気になる。てか、心当たりが出てきてしまって、マジで悩んでる。だがそれは後回しだ。俺が訊きたいのは、近藤先生のことだよ！　世間じゃ、おまえは近藤先生に重傷を負わせた、殺人未遂の超悪党ってことになってるんだが」

近藤教諭が重傷を負って病院に担ぎ込まれた一件から数日、世間の興味はもう別のことに移っているけれど、隼平はそのことを一日たりとて忘れたことはない。

隼平はメリルに眼差しを据えると、少しばかりの恐怖を乗り越えて訊ねた。

「近藤先生を襲ったのはおまえか？」

「そんなわけないじゃん。あれはメリルを陥れるための罠だよ。ひどいことするよね」

そう聞いて隼平はその場に座り込みそうなほど安堵した。メリルと出会ったあの瞬間から、彼女は悪い人間ではないという直感があったのだ。

――そうだ。やっぱりこいつは、いたずらに人を傷つけるような奴じゃない。

だがメリルが無実となると、それはそれでぞっとするような事実が浮かび上がってくる。

「罠……罠ってことは、ただおまえに濡れ衣を着せるためだけに、無関係の人を巻き込んで、下手すりゃ死ぬような大怪我を負わせた奴がいるってことになるんだが？」

「そうだよ。効果は覿面！　これでもうメリルがなにを云っても誰も信じてくれなくなっちゃった。こんなことするとは思わなかったから、完全にしてやられちゃったメリル」

「マ、マジかよ……そんな奴いるのか……」

　無実の人間を陥れるために無実の人間を傷つける。

「――外道じゃねえか」

　それは衝撃だったが、いつまでも打ちのめされてはいられない。

「だが、まだわからないな。おまえのことをなにも知らないし、おまえに濡れ衣を着せた奴とおまえは、いったいなにを巡って争っている？　指輪ってなんだ？　そもそもおまえは本当に真実を話しているのか？　俺にはまったく全体像が見えないんだが」

「んー」

　と、話すかどうかを迷ってうんうん唸っているメリルに、隼平は強い口調で云った。

「俺にお願いがあるって云ったな。だったらまず話せ。一から十まで、全部だ。でないと、俺はおまえに協力しない」

「うーん……わかった。話すメリルよ。ただこれからメリルがお話しすることは、指輪のことも隼平の魔法のことも、最後に全部つながるんだけど、ちょっと長い話になるよ？」

「ああ、いいぜ」

隼平がそう頷くと、メリルはにっこり笑い、それからちょっと思案顔をした。

「さて、どこから話そうかな……えっとね、たとえば魔法使いは人類の優等種だから世界を導くべきだっていう古典的な主張が昔からあるけど、隼平はこれを信じますか？」

「いや、別に。だって魔法使いが本当に優等種なら、とっくに世界を征服してるはずだ」

「そうだよね。一対一で戦えば、魔法使いが非魔法使いに負けることはまずありえないけど、人間は社会的生物としての集合知を持っているから、これに戦いを挑むと少数派の魔法使いは多数派の非魔法使いに負けちゃうんだよ」

たとえばこの日本でも、術者にあらずんば人にあらずと驕り高ぶった平氏が、術不能者の義経によって滅ぼされている。信長も術不能者だが天下人になった。太平洋戦争では陰陽師たちが米軍をずいぶん苦しめたが、結局最後は原子爆弾を落とされて敗戦している。

魔法は力だが、決して無敵でも万能でもない。

「だからむしろ魔法使いは弾圧されたり迫害されたりの方が多いんだけど、でもやっぱり魔法使いだから、時代や地域によっては支配階級として君臨してたこともあったよね」

「ああ。やってやられてやり返されて……被害者と加害者の立場を行ったり来たり。どこの国でも、魔法使いと非魔法使いの歴史はだいたいそんなもんだ」

「うん。でね、千年前、イングランドの魔法使いが、ちょっとまずい魔法を使ってたんだよ。支配の魔法って云うの」

「支配の、魔法？」

「ストレートに云うと奴隷魔法(どれいまほう)ってこと。支配の指輪と刻印からなる魔法でね、体のどこかに一生消えない奴隷の印を刻まれた人は、支配の指輪を持つ人に絶対服従！　どんな命令にも逆らえません、一生奴隷です、ってことメリル」

そこで隼平の思考の歯車は一時停止した。交通事故に遭(あ)ったかのように驚いた。

「……え？　そんなひどい魔法あるの？」

「あるよ。これは本当に本物の禁呪だから存在自体が隠蔽(いんぺい)されてるよ。知らなくて普通」

「それを知ってるおまえはなんなの？」

「十四世紀生まれの大魔法使いメリル」

メリルはそう云ってウインクすると、何事もなかったかのように先を続けた。

「で、支配の指輪っていうところで気づいてほしいんだけど」

「指輪……」

メリルは指輪を探していた。指輪には等級があり、上位の指輪は下位の指輪を探知するレーダーにもなると云う。メリルはゴールドの指輪を持っており、それでシルバーやブロンズの指輪を見つけ出しては破壊(はかい)しているのだと云う。

「おいおいおい……ちょっと待ってくれよ。その指輪って云うのは……」

「これだよ」

メリルは右手を前に出し、その中指に嵌(は)まっている金の指輪を隼平に見せてきた。

「これが支配の指輪の一つ。支配の指輪には上からオリハルコン、ミスリル、プラチナ、ゴールド、シルバー、ブロンズがあって、指輪によって強さが違(ちが)うの。どの指輪も奴隷の刻印のある人に命令できるけど、たとえばブロンズの指輪は一度に一人、シルバーの指輪は一度に三人までしか命令できない。上位の指輪は下位の指輪の命令を無効にできる。命令を上書きすることもできるし、奴隷の刻印があっても上位の指輪をはめることで、下位の指輪からの命令をキャンセルできる。同格の指輪の場合は命令を打ち消し合う。上位の指輪は下位の指輪を探し出せる。指輪は性能も量もピラミッド型で、上位の指輪ほどレアで、下位の指輪ほどたくさんある。そしてたった一つ、オリハルコンの指輪より上位に位置する『真なる王の指輪』があるらしいけど、これはメリルも見たことないメリル」

そこでメリルは言葉を切ると、一息ついて笑った。

「どう？　言葉の洪水(こうずい)を浴びせてみたけどわかった？」

「なんとなく……要するに、上位の指輪があれば下位の指輪は意味ないってことだな」

「そういうこと。でね、その刻印と指輪の組み合わせからなる支配の魔法で人々を奴隷にしていた魔法使いなんだけど、色々あって倒されたの。それで支配の魔法も失われたんだけど、それを復活させちゃった人が十年前にいたのね。名前はマスター・トリクシー」

「それが、おまえが十年前に潰したって云う、企みのことか？」

「うん、そうなの。トリクシーは欧州の魔法使いだったけど、向こうでやらかしたから日本に拠点を移して、そこで計画を進めていたの。最初はこっそり、でもだんだん組織を大きくして、各国の政府関係者ともコネを作ってたみたい。目的は月並みだけど世界征服」

「世界征服て……」

まるで子供向け番組の悪役ではないか。隼平は半分笑ったが、メリルは笑わなかった。

「実際にやろうとしていたんだよ。トリクシーは狡猾でね、最終的には自分以外のすべての人類に奴隷の印を刻むつもりだったんだけど、まずは自分に従わない良識のある魔法使いに奴隷の印を刻むことを考え、そのために非魔法使いの、魔法使いに対する潜在的な恐怖心や不信感を利用することから始めたメリル」

「どうやって？」

「えっとね支配の魔法……奴隷魔法の面白いところは、奴隷の印を刻むのも支配の指輪を造るのも魔法使いじゃないとできないんだけど、印を刻まれた人に指輪で命令するのは誰でもできるってことなの。そこに目をつけたトリクシーは、支配の魔法を復活させて世界中の魔法使いに奴隷の印を刻み、みなさんには指輪をプレゼントします、そうすれば魔法使いを永久に完全管理できまーすっていう夢を与えて、内心魔法使いに怯えていた政治家やお金持ちを味方につけたんだよ」

「げえ……」

「それでねそれでね、トリクシーは組織を大きくしながら、まず指輪の量産に成功し、ミスリル以下の指輪をいくつも生産して、ばらまいたの。自分はオリハルコンの指輪を持っていたままでね」

「なるほど。自分がオリハルコンの指輪を持っていれば、ミスリル以下の指輪はいくつ出回っても問題ないってわけだ」

「そういうことメリル。そして十年前、いよいよ奴隷の刻印に着手したトリクシーは協力者たちのコネを総動員して、奴隷魔法の復活を懸けた大規模な実験を始めたメリル。ちなみにメリルが一連の計画を知ったのもこのときだよ。トリクシーは計画を拡大しすぎたから、メリルのアンテナにも引っかかっちゃったんだね」

「それでおまえ、潰しに行ったのか」

「そうだよ。潰すよ、こんなの。まあそれはそうと、世界中にいたトリクシーの協力者が、この実験のために被験体を提供したメリル。魔法使いのなかでも特異な魔法の才能を受け継いだ、当時十歳未満の女の子が、全部で十人！　みんなわけありで、誘拐されたり、実の親の手で差し出されたりして、集められたの。その十人に奴隷の印を刻んで、成功したら支配の指輪の効果も試そうってこと」

「でも止めたんだよな？」

先日の電波ジャックの際に語られた話によると、十年前の計画はメリルによって潰されている。つまりその不憫な少女たちはメリルによって救出されているはずなのだ。

そう思って明るく笑った隼平から、しかしメリルは微妙に目を逸らしてばつの悪そうな顔をした。隼平はたちまち凍りついた。

「……え？　おい、メリル？」

「うん、とね……メリルもちろん助けに行ったよ。日本の、実験が行われてるトリクシーの秘密基地を探し出して乗り込んだけど、実は間に合わなかったの。てへ」

メリルは舌を出すと可愛く自分の頭を小突いたが、隼平は顔色を変えた。

「間に合わなかったって、どういうことだよ！」

「も、もちろん最終的には潰したよ？　トリクシーもやっつけたし！　でもメリルが駆けつけたときにはぎりぎり手遅れでもう魔法が成功してて、十人の被験体には奴隷の印が刻まれちゃってましたってこと」

隼平はあまりのことに思考停止してしまったが、話をここで止めるわけにはゆかない。

「そのあと、どうなったんだ？」

「もちろんメリルが十人を保護して、施設とか研究成果とか支配の指輪とかあらかた壊しました。関係者の肘とか反対側に曲げておいたし。でもトリクシーが持ってたオリハルコンの指輪を奪えなかったのは失敗だったメリル」

「レーダーになるから？」

「そう。トリクシーは刻印の実験に先駆けて指輪の量産に成功してたから、支配の指輪が結構あちこちにばらまかれちゃってたのね。だからメリルが十年経った今も探索を続けてるんだけど……追い詰められたトリクシーがオリハルコンの指輪を破壊したせいで、一番優秀なレーダーがなくなっちゃったの。でも戦いのあとで壊し損ねてたゴールドの指輪が見つかったから、メリルはそれを持って指輪の残りを見つけ出す旅に出たんだよ。そして十年ぶりに日本にやってきたのが今ってわけ。これで十年前の話は終わり」

メリルがそう話を結ぶと、隼平はその場に両膝をついてがっくりと項垂れた。

――マジか。十年前にそんな大事件が起きてて、しかも解決されてたのかよ。いや、指輪が残ってるってことは、本当の意味じゃまだ終わってないんだろうけどさ。

「どうしたの、隼平？」

その不思議そうなメリルの声に顔をあげた隼平は、疲れた目をして口を開いた。

「二つ質問がある」

「はいどうぞ」

「まずその十人の被験体は、その後どうなったんだ？　刻印は消えたのか？」

「ううん。なんでも一度刻まれた奴隷の印は一生消えないんだって。だからそのまま。メリルが支配の指輪を壊して回ってるのは、それが理由でもあるんだよ」

隼平は声を失った。鎖の持ち主がいるかどうかは別として、彼女たちは一生外れない奴隷の首輪をつけられてしまったのだ。

「じゃあ、今はどこでどうしてるんだ？」

「メリル知らないよ？」

「えっ？」

「だって十人分の子育てなんてメリル無理。なのであの子たちの今後の身の振り方については、当時の協力者に一任しました。名前はYちゃん」

「Yちゃん？」

「そう。十年前、トリクシー側についた人もいれば、反対にメリルに協力してくれた人もいたんだよ。子供たちのことは、お友達で協力者のYちゃんに全部お任せ。あの子たちも大変だったと思うけど、それはあの子たちの人生だから自分で戦わないとね。その代わり支配の指輪はメリルが見つけ出して壊しておくよ、ってこと。そういうわけで、それっきり一度も会ってないし、メリルもあの子たちのその後については特に知ろうとも思わなかったから、顔と名前も憶えてないくらいなの。ま、会えば思い出すかもしれないけど」

「そう、か……」

　ちょっと冷たいようにも聞こえたが、たしかに十人の子供をメリル一人で保護するのは無理だろう。そのYちゃんなる人物が子供一人一人の希望を聞いて、彼女らがまっとうな人生に戻れるよう、都合をつけてくれたと信じたい。

「じゃあもう一つの質問だ。なぜこのことを公にしない？　真実を話して世間を味方につけた方がいいんじゃないか？」

「ぶっぶー。それは不正解です。指輪がまだどれだけ残ってるかわからない以上、そして奴隷の印を刻まれた十人がいる以上、支配の魔法のことを知る人は少ない方がいいのです」

「だけどおまえは今、犯罪者扱いなんだぞ？　身の潔白を証明したいと思わないのか？」

「うーん、それは別にどうでもいいかな。どうせメリルを捕まえられる人なんていないし」

　そう云って笑うメリルを、隼平は呆気に取られて見た。自信があるのか、それとも他人にどう思われようと無関心なのか、とにかくある意味で超然としている。

と、メリルが隼平に指を突きつけて云った。

「十年前の件についての質問は終わったみたいだし、それじゃあここからは時間軸を現在に移して話をしようか。メリルが日本でなにを知ったか」

――そうだ。十年前のいきさつはわかった。でも、今は？　メリルは指輪を探して日本にやってきた。それがどうしてあんな電波ジャックをしでかして、近藤先生が病院送りになったり、十年前の計画の関係者が意識不明だなんて話になってるんだ？

つまりメリルをして、なにか不測の事態が起きたのだ。隼平は立ち上がると云った。

「話せよ」

「うん。あのね、始まりは六月の終わり。このゴールドの指輪を探知機にして世界中を回っていたメリルに、さっき話したお友達で協力者のYちゃんから連絡がきて、『日本でまた指輪を巡る事件が起こるかもしれない』って云うの。それでね、詳しいお話は直接会ってしようってことだったんだけど……」

そこでメリルが急に黙ってしまったので、隼平は固唾を呑んだ。

「おいまさか」

「メリルが日本に着いたときには、Yちゃんはもう病院で意識不明になってたメリル」

隼平はちょっと頭がくらくらしてきた。

「……それは、魔法を使って人の意識を奪ったってことでいいのか？」

「たぶんそう。それで仕方ないから、メリルはまず指輪の残りがあることを疑って、あの感度の悪いゴールドの指輪を頼りにして、魔法学校のあたりから指輪の反応を感知したのね。それで忍び込んだんだけど、隼平に見つかって、騒動になったよね」

「ああ」

「そのあとメリル、ちょっと別の角度から考えてみたの。十年前、トリクシーに協力した人、メリルに協力してくれた人、みんな今なにしてるかな、もしかしたら指輪のこと知ってるかも、って。それで調べたんだけど……」

そこでメリルは言葉を切ったが、隼平にはその先が予想できていた。というのも、この辺りのことは先日の電波ジャックでメリルが触れていたからだ。

果たせるかな、メリルは笑顔のまま表情だけを微妙に陰らせて云う。

「確認できた人は、みんな意識不明にされてたの。奴隷魔法のことを知ってる人たちが、敵味方関係なく昏睡状態で、長い人はもう五年も眠り続けてるメリルよ。Yちゃんは十年前の関係者が次々に意識不明になってることに遅まきながら気づいて、メリルに連絡をくれたのが最後になっちゃったんじゃないかな……」

覚悟していたつもりだったが、改めてそう云われると、心臓が早鐘を打ち始めた。敵は人間というものを軽く考えている。

「確認が取れてないやつもいるのか？」

「うん、十年経ってるからね。足取りが掴めない人も当然いるよ。そのなかの誰かが、犯人じゃないかなーとメリルは思ってるメリル。ただメリルに見つけられないってことは、この国を出てるか、顔と名前を変えてるかのどっちかだと思うの」

「……マスター・トリクシー本人はどうなんだ？　奴も昏睡状態なのか？　ていうか聞いてなかったけど、そいつは十年前の事件の首謀者だよな。その後どうなった？」

「えっとね、トリクシーはあのときメリルと刺し違える気で氷の魔法を放ってきたの。それをメリルがマジックアイテムの鏡で撥ね返したから、トリクシーは自分の魔法で氷の棺に封印されちゃった。今はその棺ごと、魔法犯罪者が送られる牢獄に収監されてるよ」

思いもよらぬトリクシーの末路に、隼平はちょっと口元を引きつらせた。

「そ、それは、死んだってことか？」

「ううん、生きてるよ。魔法の氷だからね。なのでもしかしたらいつか目覚めるかもしれないけど、今回の件とは無関係だと思う」

「そうなのか……」

十年前の実験で被験体となった十人の少女は一生消えない奴隷の印を刻まれ、関係者はその多くが意識不明となって眠り続けている。トリクシーはそのすべての元凶であるから当然の報いなのかもしれないが、それでもその末路は少し哀れな気がした。

——氷のなかで、独りぼっちか。

隼平はそうしんみりとしたが、メリルは明るい口調でさばさばと云う。

「それでね、十年前の計画と、五年前から起きている連続意識不明事件、そして東京の魔法学校から感じた指輪の反応、これが全部繋がっているのかどうか、メリルにはわかりません。メリルには敵の実態がまったく掴めなかったの。個人なのか組織なのかも一切不明。なのでとりあえず、どこかにいる指輪の持ち主を踏み絵にかけることにしました」

「それがあの電波ジャックか」

「そう。大人しく指輪を渡すなら一連の事件とは無関係、渡さないなら関係あるってことで対処しまーす、ってことメリル」

そこまで聞いて隼平はため息をつき、片手で頭を抱えた。

「あの放送のときも思ったけどさ、おまえの計画、杜撰すぎるだろ」

「指輪の持ち主が無関係の場合、犯人扱いされるくらいなら大人しく指輪を渡してくれると思ったんだよ。でも結果は大失敗。公園を見張ってたけど野次馬と警察しか来ないし、なんかメリルの知らないところで人が病院送りになってそれをやったのがメリルってことになってるし……でも、やらなければよかったとは思ってないメリル」

隼平はたちまち気色ばんだ。

「おい！　近藤先生は、あわや死ぬところだったんだぞ？」

「そうだけど、敵が大きな組織で、指輪を複数持ってて、しかもそれがミスリルやプラチナの指輪で、メリルの持ってるゴールドの指輪じゃ探知できてないって可能性まで考えた場合、やるしかなかったんだよ。それに成果もありました」

「成果？」

「当日、あの公園から指輪の反応があったメリル」

隼平の背筋が思わずぴんと伸(の)びた。

「それは、つまり……」

「そう、隼平の学校の先生が襲(おそ)われたとき、指輪の持ち主はあそこにいたんだよ。メリルはあの公園を見張ってたって云ったでしょ。同格のゴールドの指輪だろうから反応が鈍(にぶ)くて特定にまでは至らなかったけど、とにかくいたの」

「てことは……」

「指輪の持ち主は、やっぱり一連の事件とは無関係じゃない。高確率で十年前の計画に一枚噛んでて、指輪を隠し持ってて、人を平気で傷つける悪人だよ！」

ううむ、と隼平はうなった。状況だけで決めつけることはできないが、人を奴隷にする指輪を所持している時点でそもそも怪しい。潔白ならメリルの要求に応じてそこに指輪を捨てていけばよかった。

「でも公園への出入りは警察によって封鎖されてたんだろ？」

「そうだね。魔導機動隊が公園に陣取って、警察官と隼平の学校の人たちが周りを固めてたね。あとは野次馬が警戒線を抜けて公園に入った可能性もあるけど……でも怪しいのは隼平の学校の人だよ。だってそもそも指輪の反応は魔法学校からあったんだから」

「な――！」

いきなり自分の身内に疑いが降りかかってきて、隼平は仰のいた。落ちこぼれで周囲とは上手くいっておらず、優しくしてくれたのは楓くらいのものだが、それでも同じ学校に通う仲間意識のようなものはある。その仲間意識が、メリルの当て推量に抵抗を始めた。

「いや、そりゃないだろ。みんな学生だぞ？　引率の近藤先生は被害者だし、奥村先生は魔法使いじゃない。十年前の関係者は魔法で意識不明にされてるんだろ？　だいたい、おまえが犯人と思われてるってことは、警察はあの場にいた奴らはみんな白だと判断したってことなんじゃないのか？　さすがにそれくらいのことはやってるだろ」

「うん、そうだね。だから困っちゃったので、メリルは原点に返って、魔法学校のどこかにいる指輪の持ち主を探そうと思います。指輪の持ち主を特定して、そこから敵が個人なのか仲間がいるのか、全容を割り出す方向でやるメリル」

そのとき流れ星がちらつくように隼平は閃いた。

「おい、ひょっとして、俺へのお願いってのはそれか？」

「察しがいいね。そうだよ、隼平は魔法学校の生徒だもん。だからメリルの持ってる指輪を隼平に預けるから、メリルの代わりに指輪の持ち主を特定してきてほしいの」

「くうっ……」

隼平は思わず片手で顔を覆った。これは協力しなければならないことだ。敵の正体や目的は不明だが、奴隷魔法の指輪を所持する者、連続意識不明事件を起こした者、そして近藤教諭を襲った者がいる。この三つの影が同一人物なのかどうかはさておき、どれも知らないふりをするにはあまりに危険な相手だった。見つけ出して、その罪を問わねばならぬ。

ただ一つ問題があるとすれば——と、隼平は青ざめながらメリルを見た。

「もし俺がおまえに協力しているってことが敵さんにばれたら、どうなると思う？」

「最低でも病院送り、最悪だと殺すね」

ストレートにばっさり云われて、隼平は倒れそうになった。

そんな隼平をくすくす笑ってメリルがなおも云う。

「とりあえず、それが隼平にお願いしたいことの一つ目」

「一つ目？」

「うん、隼平へのお願いは全部で二つあるの。二つ目は、隼平の魔法だよ。隼平にはぜひとも自分の魔法を使いこなせるようになってほしいメリル」

「俺の、魔法……？」

話が急に別のところへ飛んだように思えて隼平は眉をひそめたが、それはメリルに会ったら絶対に訊かねばならぬと思っていたことの一つだった。

隼平は深呼吸すると、意を決してメリルに真っ向から訊ねた。

「おまえは俺のことをエロ魔法使いだと云ったな。どうしてそう思った？」

「うん、あのね、メリルくらいの大魔法使いになるとね、魔法を使ったところを見ただけで、その人がどの辺の系譜にいる魔法使いかわかっちゃうんだよ」

「系譜……？」

「魔法が遺伝することは知ってるよね？　ということは魔力の性質や得意な魔法の傾向も血筋によってある程度決まってきちゃうの。それを俯瞰していくと民族レベルでの魔法的系譜が見えてくるんだよ。火の魔法が得意な国民とか、回復魔法が得意な部族とかね」

「それくらいは知ってるよ。一応、魔法学校の学生だからな……」

しかし隼平は、日本人が得意とする魔法や、世界的にメジャーな系統の魔法にはどれも適性がなかった。非魔法使いの両親から突然変異として誕生した自分の魔法系統が、十年経っても未だにわからないのだ。

そんな状況でたった一人、隼平のことをエロ魔法使いと断言したメリルが云う。

「それでね、メリルの見たところ、君は東洋の系譜に属する魔法使いとは違うの。それどころか、どの魔法的系譜にも属してないメリル。これっておかしいよね。そこで敢えて訊くけど……君の御両親はどんな魔法使い？」

そう切り裂くように問われて、隼平は全身の血が一気に逆流するのを感じた。

「俺の両親は魔法使いじゃない！」

そんなつもりはなかったのに、大声になってしまった。普段平気な素振りをしていても、本当は平気ではなかったのだ。目が心を裏切って涙を散らす。

「俺は……俺は突然変異だ！　俺の両親は魔法使いじゃない！　俺の一族に魔法使いは一人もいない！　でも俺はなぜか魔法使いで、日本人が得意とするどんな魔法にも適性がない、十年経っても自分の魔法がわからない、落ちこぼれなのさ……」

隼平はそれだけ云うと慌てて目元を拭った。人に涙を見られるのが恥ずかしかった。

そんな隼平を見上げて、メリルがにっこりと笑う。

「ああ、よかった。やっぱり君は転生体なんだね」

「は？」

隼平は目を丸くした。メリルがなにを云い出したのかわからない。しかしこれはたとえるなら、誰がどうやっても開かない扉があり、誰もがその扉を諦め、匙を投げて去っていった。だが隼平だけはこの扉の前から逃げるわけにはいかない。これは隼平の扉だからだ。そしてその開かない扉の前で途方に暮れ、不平と恨み言を述べていたら、後ろからやってきたメリルがいきなりその扉を簡単に開けてしまった。

今起こっているのは、そういうことだった。

「転生……体？」

茫然と繰り返す隼平の前で、メリルは頷きながら話し出した。

「輪廻転生とか、生まれ変わりっていうのは聞いたことがあるでしょ。それを転生の秘術って云う、特別な魔法を用いて、狙ってやることができるの」

「転生の、秘術だと？」

「そう。自分の死に備えて、魔法、記憶、人格なんかを来世に引き継げるよう準備しておくの。疑似的な永遠を手に入れようとする魔法のこと」

「なにを馬鹿な。俺には前世の記憶なんかないぞ」

「うん。だってこの魔法は難易度高いからね。魔法が成功しても、すべてを完全に引き継いで生まれ変わるのは不可能って話。ただ部分的に記憶の断片とか、魔法の才能とかを引き継ぐことはできるらしいよ。メリルも実物を見たのは初めて。へえ、こんなんなんだ」

メリルは一転、珍種の動物でも見つけたような顔をして、立ち位置を変え、隼平を色々な角度から見てきた。それを見返して隼平は云う。

「おい、俺はそんな魔法があるなんて聞いたことがないぞ」

「それはそうだよ。だってだって当時から伝説の魔法だったたし、難しくて成功率も低いし、禁呪だけどメリルみたいに若さを保ったまま寿命を延ばす魔法が別にあるし……だからもう一般の魔法使いのあいだではとっくに失伝してる幻の魔法だよ」

「それを知ってるおまえは……」

「十四世紀生まれ、今年で六百六十六歳のスペシャルウルトラ大魔法使いです！」

メリルは得意顔でそう云って両手をひろげ、全身をYの字にして笑った。隼平はもう、嘘をつけと怒鳴る気にもなれない。

「本当に……おまえは超ババアなんだな……」

「ババアじゃないよ！」

そう一喝（いっかつ）してきたメリルが本当に怒（おこ）っているようだったので、それがおかしく、隼平は笑ってしまった。それから、ふと真顔に戻る。

「おまえの話が本当なら、俺は魔法使いの転生だから、だから魔法が使える？　血筋じゃなく、前世の自分から魂（たましい）によって魔法を引き継いだ？」

「うん、そう。でも案の定、転生の秘術は不完全で、記憶の引き継ぎにも失敗してるし魔法も不完全。ただ魔法と精神と魂は不可分だから、なにかのきっかけがあれば目醒（ざ）めるはず。だけど今の隼平は魔法が上手く使えないんだよね？」

「そうだ、使えない。だがそれは俺が俺の魔法の正体を知らなくて、上手くイメージできないからだ。でもメリル、おまえは俺のことを、転生体で、エロ魔法使いだと云いやがったな。どういうことなんだ？　俺が転生体だとエロ魔法使いだってことになるのはなぜだ？　それにそもそも、その話は指輪の件となにか関係あるのかよ？」

「あるよ。十年前、被験体になった十人の女の子、いたでしょう」

「ああ」

「みんな可愛かったの」

「うん」

「ところでなんで女の子ばっかりだったんだと思う？」

「……うん？」

話が妙な方向に逸れてきて隼平は首を傾げたが、メリルは真面目に話し続けている。

「マスター・トリクシーによって最初の被験体として集められた子供たちは、魔法使いのなかでも異端、異能、規格外の力を持つ子供たちばかりだった。そして全員、女の子。どうして？　ただ強力な魔法使いを奴隷にしたかっただけなら、男の子がいてもいいはずだと思わない？　どうして女の子だけだったのかな？」

「いや、そんなことを俺に訊かれても……」

隼平の頭で思いつくのは益体もないことばかり、即物的なことばかりだ。しかしメリルが隼平に視線で答えを迫るので、隼平は仕方なく口を切った。

「……女を奴隷にしたってことは、まさかエロいことをしたかったとか？」

「うーん、当たらずとも遠からずかな」

「……いや、でもトリクシーってベアトリクスの愛称だろ。女だろ。同性愛者？　もしそうだったとしても、そんなことのために大それた計画立てたりしないだろう」

「そうだね。というわけで答え合わせをすると、トリクシーはかつての支配の魔法をそのまま復活させただけじゃないんだよ。復活させた魔法に、ちょっと手を加えたの」

「手を加えたって……？」

「あのね、トリクシーはね、奴隷の刻印が遺伝する性質を加えたんだよ。生まれた子供にもそのまた子供にも、生まれつき奴隷の印が刻まれてるっていうシステムを追加したの」

その意味が頭に沁み込んでくるまでには時間がかかった。思考の歯車がゆっくり回って、ようやく理解すると、隼平は長い息を吐きながら頭の後ろで手を組んだ。

「……すげえな、トリクシーって。とんでもねえこと考えるな。そんな悪いことした奴、人類史上でも滅多にいないんじゃないか」

「そうだね。実験が成功したら世界中の女性に片っ端から奴隷の印を刻みつけて、あとは数世代待てば自動的に世界征服完了って筋書きだったみたい。危ない危ない」

隼平とメリルは見つめ合い、そのまま二人してため息をついた。この先を聞きたくはなかったが聞かねばならぬ。

「それで？」

「うん、でね。とりあえず刻印を消す手段がない以上、彼女たちに子供を作られると困るのね。そこでメリルは彼女たちが将来、子供を作れないようにしました」

「どうやって？」

「魔法だよ。純潔を守る魔法。男の人は、あの子たちに触っているあいだアレが不能になっちゃうの。役に立ちませんってこと。立ちませんってことメリル。さらにあらゆる異物の侵入を物理的に阻止するよ。人工授精されたら意味ないからね」

「ああ、聞きたくない聞きたくない。そういう生々しい話は聞きたくない！」

隼平が拒否するように勢いよくかぶりを振ると、メリルも黙った。

――エロ魔法の話が、なんでまた奴隷魔法の話になってるんだっけ。あ、でも純潔を守る魔法って、なんかエロ魔法っぽいような？

隼平はそんなことを考えながら、視線をあらぬ方にやり、気を取り直して云った。

「しかしあれだな、よくそんな都合のいい魔法があったな」

「本来は浮気防止魔法なんだよ。自分以外の相手とはエッチなことができません、っていう独占欲丸出しの魔法を応用したの。だから唯一の例外として、この魔法の本来の使用者には、この魔法は無効。ちなみにその本来の使用者っていうのは、メリルじゃないよ」

「えっ？　だって、おまえが使った魔法なんじゃないのか？」

「そうだけど、そうじゃないメリル。この魔法は千年前に死んだ、とある魔法使いだけが使える魔法だったの。メリルはちょっとイレギュラーな手を使って発動させただけ。借り物の魔法ってことだね。だから実は、メリルにも魔法の解呪方法がわかりません」

「え、それって……」

奴隷の刻印を持つ子供の誕生を防ぐため、ひいては人類を守るために、十人には犠牲になってもらったということだ。正しいのかもしれないが納得しにくいことでもある。

と、メリルが隼平に人差し指を突きつけて云った。

「でもその魔法の本来の使用者なら、解呪方法もわかるかもしれないメリル」

「……いや、待て。その本来の使用者は、千年前に死んでるんだろ？」

「そう、死んでるよ。名前はゼノン。ゼノン・イールズオーヴァ。千年前のイングランドにいた大魔法使い。彼は一般的な地水火風なんかの魔法は使えなかった。彼が適性を持っていたのはたった一つの魔法だけ。純潔を守る魔法も、その魔法に属する一つ」

その話を聞いて、隼平はある予感に打たれた。

「おい、もしかしてその魔法って……」

「うん、エロ魔法だよ」

そう云われて、隼平は一瞬、息も心臓も止まりそうになった。

――千年前に死んだエロ魔法使いとやらがいて、突然変異の俺が魔法を使えるのは転生体だからで……いや、待てよ。千年前の、イングランドだと？

「おい、メリル。支配の魔法……奴隷魔法を使ってたっていう魔法使いも、千年前のイングランドの人間じゃなかったか？」

隼平が震える声でそう問うと、メリルは『よくできました』という顔でにんまりと笑った。その笑顔を見て、隼平は尻に火がついたような気持ちで訊ねた。

「おい、エロ魔法について、もっと詳しく話せ！」

「うん、いいよ。えっとね、エロ魔法っていうのは、女の子の服の下を覗いたり、強制的に裸にしたりするしょうもない効果のものから、自分に恋するよう魅了したり、全身の感覚を鋭敏にしたり、少女のまま成長を止めたりおっぱいの大きさを自在に変えたりといった、なかなかえげつないこともできる、人間の肉体と精神を自在に弄ぶ恐ろしい魔法なんだよ。ちなみに理論上は男性に対しても有効らしいよ？　魔法はイメージと情熱が重要だから、術者が同性愛者じゃない限り男性に対するエロ魔法は全部失敗するけど、いくつか例外があって、ゼノンが自分に刃向かった男を性転換魔法で強制的に女にしたとか、去勢魔法で性的不能にしたって恐ろしい記録が残ってるメリル」

「そ、そんな奴が、昔のイングランドにいたのか？」

「そう。そしてゼノンはその力に慢心し、いつしか魔王と呼ばれる邪悪な魔法使いになり、越えてはいけない一線を越えてしまったメリル。エロ魔法は男女の別なく人間の肉体と精神を支配する魔法……その力で、彼は人間を奴隷にする魔法を作り出したメリル。その魔法は指輪と刻印からなる……」

隼平はいっぺんに酔いが醒めたような思いだった。

「おい、それって……」

「うん。マスター・トリクシーが復活させた支配の魔法は、ゼノンのエロ魔法の一つだったの。そしてメリルが使った純潔を守る魔法も、浮気を禁止するエロ魔法。どちらも本来はゼノンにしか使えない魔法だったけど、トリクシーは魔王遺物を手に入れて、メリルはトリクシーの魔王遺物を奪取して、それを代償にして使いました」

「魔王遺物？」

「魔王ゼノンの遺骨だよ。それを代償として消費することで、本来ゼノンにしか使えないエロ魔法をメリルたちも使うことができたのね。その魔王遺物も、メリルが純潔を守る魔法を使ったのを最後に完全消滅しちゃったんだけど」

そこで一息ついたメリルは、手振りを交えてなおも云う。

「ゼノンも元は普通の青年で恋人がいたメリル。でもエロ魔法に目醒め、その力に増長し、奴隷魔法を編み出してからはやりたい放題……それを見かねて立ち上がったのが、ゼノンの真の恋人アルシエラなんだよ」

「アルシエラ？　どっかで聞いたような……」

するとメリルはなにか教科書を読み上げるように、こんなことを云った。

「わたくしは勇者アルシエラの末裔、長い時間をかけて多くの優れた魔法使いの血を受け容れてきた、ブルーブラッドを継ぐ者……」

それで隼平ははっと息を呑んだ。

「ソニアの、先祖か！」

「そうメリル！　なんか自分に酔ってたけどその一言でメリルはばっちり掴みました。あの子は魔王ゼノンを倒して後世に勇者と呼ばれたアルシエラの末裔なんだね。それでねそれでね、アルシエラは泣く泣くゼノンを倒したけど、彼のことを愛していたから、死ぬ間際の魔王にある魔法をかけたんだよ」

「どんな魔法なんだ？」

隼平が訊ねると、それをこそ待っていたというようにメリルが目を細め、ぞっとするような声で云う。

「——転生の魔法。来世でまた会おう、と」

「……あ」

隼平は凍りついた。転生の魔法。魔王ゼノン。エロ魔法。純潔を守る魔法。支配の魔法。支配の魔法は指輪と刻印からなる。それを復活させたマスター・トリクシー。十人の被験体。消えぬ刻印。遺伝する刻印。魔法学校のどこかにあるという指輪。それを追ってきたメリル。正体不明の指輪の主。連続意識不明事件。そして突然変異の自分。

ばらばらのピースだったそれらが、一気に繋がる感覚に隼平は愕然とした。

そんな隼平を指差し、メリルが笑う。

「完全に偶然だけど、メリル見つけちゃった。隼平、あのとき君が使った魔法の波長は、支配の魔法の波長と同じもの。そして君は魔法使いの家系ではないところから生まれた、突然変異。こうなると答えは一つしかないんだよ。隼平は、魔王ゼノンの転生！」

「ふざけんな！」

そう怒鳴りつけられて、メリルは一瞬呆気に取られたようだった。そこへ隼平は、怒りの眼を向け、なにかを噛み千切るように云う。

「じゃあなにか？　俺の前世はゼノンで、エロ魔法の専門家だから、その生まれ変わりの俺もエロ魔法しか使えないって云うのか！」

「うん、そうなるね」

「風とか雷とかは？」

「使えません」

「ぐわあああっ！」

無慈悲な宣告に、隼平は胸を掻きむしりながらそう叫んだ。メリルの方は驚きを呈して、隼平に心配そうに声をかけてくる。

「ど、どうしたの？」

隼平はそんなメリルを睨(にら)みつけた。追い詰められた獲物(えもの)の目をしていた。

「あのなあ、俺はなあ、かっこいい魔法使いになりたかったんだよ！　自在に空を飛んで、炎(ほのお)とか稲妻(いなずま)とか操(あやつ)るやつ！　それがなんだよエロ魔法って！　本当にふざけんな！」

「ああ……」

メリルはやっと隼平の心境を理解してくれたようである。だが慰(なぐさ)めてくれる様子はまったくない。へらへら笑って、隼平を宥(なだ)めにきた。

「まあまあ落ち着いて。マスター・トリクシーは奴隷(どれい)の刻印を消す手段がないって云ってたけど、彼女(かのじょ)は本来のエロ魔法の使い手じゃなかったの。知識だって千年前のものを発掘(はっくつ)しただけだし。でも君が前世の記憶や力に目醒めれば、あの子たちの奴隷の刻印を消せるかもしれないメリル！　それって素晴(すば)らしいことだと思わない？」

「勝手なこと云ってんじゃねえ！」

このとき隼平のメリルを見る目は、敵を見る目であった。開かない扉を開けてくれたメリルは、しかし隼平に見たくもない現実を突きつけたのだ。自分は幼いころに憧(あこが)れたような魔法使いにはなれない。それどころか忌(い)まわしい魔王の転生で、エロ魔法使いとは！

「……俺は、そんな話は信じない！」

「えええ！」

そう云って手の甲を顎に持っていくメリルを睨みつけ、隼平は声を尖らせて云う。

「そうだ、おまえは嘘つきだ。嘘をついているに違いない」

「ひどい、隼平！　どうして信じてくれないの？」

「エロ魔法使いなんて俺は厭なんだよ！　かっこ悪いだろうが！」

「受け容れようよ、現実を。君が今まで魔法を使ったときってどうだった？　うまくコントロールできなかったみたいだけど、うっかりエッチなことが起きなかった？」

「それは……」

先日、実習でペアを組んだ女の子に水をかけてブラジャーが透けて見えた。それで彼氏が怒り出して喧嘩になったのだ。そのあとのメリルとソニアとの戦いでは、ソニアの足元にバナナの皮が出現して彼女が転倒し、下着が見えてしまった。楓に魔法を使ってみろと云われたときも彼女のブラウスが裂けた。そしてソニアと諍いになったときに風が起きたが、その風でスカートがめくれて決闘することになったのだ。

「し、信じたくないが、それはたしかにその通りだ。俺が魔法を使うとなぜかエロいことばかり起きやがる。云われてみれば、ずっと昔からそうだった。俺の魔法の暴発に巻き込まれたのは、決まって女の子ばかりだったような……」

「でしょでしょ？」

「でも、だったらあの風も、風が起きてスカートがめくれたんじゃなく、スカートをめくるために風が起きたとでも、云うのかよ。俺に風使いの可能性はないのか——」

と、すがるような目をした隼平に、メリルはとびきりの笑顔を見せた。

「うん、よくわからないけど、きっとそうだね。君はエロ魔法使い！」

そう明るく断言するメリルを、隼平は親の仇のように睨みつけた。

「……信じない！」

隼平があくまでそう云うと、メリルもさすがにげんなりした顔をする。

「隼平え……」

「うるさいうるさいうるさい！　なにが魔王！　なにが転生！　なにがエロ魔法！　俺はそんなんじゃない！」

ここに至って、隼平はメリルと完全に決裂した。それを悟ったのか、メリルが少ししょんぼりとしながら、右手の中指にある指輪に手を伸ばしながら云う。

「うん、わかったよ。じゃあせめて指輪の件だけでも……」

「黙れ！」

「……わかった。今はなにを云っても無駄みたいだから引き上げるメリルよ」

メリルはそう云うと右腕を真上に伸ばして指を天に向けた。そして指先に光りの輪が現れ、先日見たのと同じようにその輪を相対的にくぐったメリルは、紅白の巫女装束から漆黒の忍者装束に変身を遂げていた。本来頭巾として使うものをスカーフのように首に巻いており、それを持ち上げて口元を覆面すると、いかにも女忍者といった装いである。

「お着替え完了、結界の魔法はおしまい！」

そう云ってメリルが胸の前で手を合わせるや、なんとなく周囲の気配が変わったように思える。そう云えばメリルは着ている衣装によって使える系統の魔法が変わるタイプの魔法使いで、巫女装束で人払いの結界を維持していたのだった。それをやめたということは、この長く込み入った話もやっと終わりということだ。

「メリル、おまえ……」

「今日はばいばい。でもその前に一つだけ聞かせて。もしメリルの云っていることが全部真実だったら、隼平はメリルに協力してくれる？」

「……ああ」

支配の指輪は壊さねばならないし、その指輪に関連して物騒な事件を起こしている者がいるなら、その背後関係を突き止めて倒さねばならぬ。十人の被験体に消えぬ奴隷の刻印があるなら、消してやりたい。そう思う。

「……最近、ある人に云われた。人の役に立つような、人を喜ばせられるような、そんな生き方をすれば、自分が好きになれるって」

「それを聞いてほっとしたメリル。じゃあ隼平の心の整理がついたころに、また来るね」

「また来るって……」

「今日の話は隼平とメリルだけの秘密だよ？　それじゃあ、ばいばいメリル！」

次の瞬間、メリルは勢いよく跳躍した。それが人間業とは思えぬ凄まじい大ジャンプで、ステージの後ろの壁を飛び越えて消えてしまう。あっという間にメリルは去っていった。

ステージの上に一人取り残された隼平は、しばし茫然としたまま朝の空気を呼吸していたが、やがて高度を増していく太陽に照らされ、顔に熱を感じて思い出した。

「……そうだ。俺、今日、ソニアと決闘しないと」

きっと一方的に嬲られるのだろう。決闘の理由などただの建前、ソニアは隼平の魔法によってスカートをめくられたことへの腹癒せをするつもりなのだ。

——俺のたった一つの魔法。それがエロ魔法だって？　冗談じゃない。でも、エロ魔法が使えたら、ソニアをぎゃふんと云わせることくらい、できるのかな。

メリルの言葉が真実かどうか、ソニアとの決闘を通して確かめてみるべきだろうか？

第四話　決闘ですわ！

　午後一時、魔法学校高等部の敷地の一角にある、青い屋根を持つ巨大なドーム型の建物を背にして、ソニアが腕組みしながら立っていた。

「逃げずによく参りましたわね」

「決闘するって約束だからな」

　そう答えてから、隼平はソニアの服装に目をやった。夏休みということもあって隼平は私服姿だが、ソニアは律儀に制服を着ている。よく張ったその胸元は、二年生を示す赤いリボンで彩られていた。二年生、つまり彼女は隼平より一つ歳上である。

「……なんとなくタメ口利いちゃってるけど、先輩だし、敬語で話した方がいいかな？」

「今さらですわ。どうせ言葉を取り繕ったところで面従腹背、わたくしのことをもはや先輩と仰ぐつもりなどないのでしょう」

「話がわかるな。そうしてくれると助かるぜ」

　隼平はそう云って笑い、辺りを見回した。烈日にさらされた校庭には、自分とソニアのほかは誰もいない。

「おまえだけか？」

「わたくしはこの決闘を見世物にするつもりはありませんの。団長……楓さんは見届けたいようでしたが、お断りしました。二人だけで、一対一の、正々堂々たる勝負を望みますわ。この魔導戦闘教練ドームでね！」

そう高らかに云って、ソニアは背後のドームを振り仰いだ。学校の施設としては飛び抜けて大きな建物であり、外観は古代ローマのコロシアムを思わせるところがある。

「隼平さんもこの学校の生徒なのですから、このドームのことは御存じですわよね？」

「ああ。魔導戦闘教練ドーム。戦闘魔法の訓練に使われるドームで、色んな設備がそろっているけど、一番の特徴はこの建物自体が巨大な結界になっていること……だっけ？」

「その通りですわ。その結界のなかでは、すべての魔法の力が著しく弱められます。さらにわたくしは魔法力を抑えるための呪具を身に着けていますから、間違ってもあなたが死ぬことはないでしょう。どうぞ安心なさってくださいまし」

「そいつはどうも。しかし俺がこのドームを利用する日が来るとはな……」

そのぼやきを聞いて、ソニアが目をぱちくりさせた。

「あら、使ったことありませんの？」

「俺には戦闘魔法の適性がないからな」

魔法の適性は人によって異なる。ゆえに基礎はともかく応用の段階になると、自分の得意魔法ごとに分かれて実習を行うことになるのだが、隼平は魔法戦闘実習には一切参加したことがない。攻撃魔法を用いた実戦的な組手を、魔法をコントロールできない隼平がいたずらに試みるのはあまりに危険だったからだ。

「まあ戦闘魔法だけが魔法ではありませんわ。生活を便利にする生活魔法や、技能職向けの職業魔法など色々ありますけれど……」

「俺はどの魔法も駄目だったよ」

——君はエロ魔法使い！

耳の奥に蘇ったメリルの声を振り払い、隼平は「行こう」とソニアに先を促した。

魔導戦闘教練ドームの入口は複数あったが、隼平たちは校舎とドームを連結している渡り廊下から入り、その廊下をドームの方へ向かって進んだ。

「このドームはおおよそ野球の試合で使われるものと同じ形状をしていますわ。中央に広いスペースがあり、それを見下ろす客席があり、ほかにも控え室、更衣室、医務室、放送室、トイレ、休憩室、エトセトラ……でも、わたくしたちが向かうのは地下ですわ」

「地下？」

目を丸くした隼平に頷きを返し、ソニアは廊下の突き当たりの扉からドーム内に入っていった。隼平がそのあとに続く。

それからどこをどう歩いてきたのか、隼平たちの前に地下へ下りる階段が現れた。その階段を下りた先には廊下が伸びており、廊下の壁沿いに扉が何枚もある。

「一階は広大なスペースになっていますが、地下はこのように小分けされた部屋になっておりますわ。わたくしはそのうちの一つを押さえました」

そう云って、ソニアは先に立って歩いていく。やがて彼女はある扉の前で立ち止まり、扉の横にある読み取り機にカードキーをかざした。電子音がして、錠の外れた音がする。

「では、行きますわよ。先日の無礼、千倍にして返してあげますわ」

ソニアがそう云って扉を押し開けるのと同時に、部屋の照明が自動的に点いた。

室内はなんということのない、ごくシンプルな四角い部屋だった。広さはそれなりにある。運動はもちろん、芝居や音楽の稽古にも使えそうな、多目的ルームといった感じだ。

その部屋の中央で適度な距離を取って向かい合うと、ソニアの方が先に口を切った。

「これからわたくしたちは決闘を始めますが、先ほども申し上げました通り、戦闘魔法だけが魔法ではありません。動物と会話したり、変身したり、他人の夢のなかに入ったり、壊れたものを修復したり、整理整頓や着替えの魔法といったものもありますわ」

「それがどうした？」

隼平が刺々しい声で訊くと、ソニアがにんまり笑う。

「魔法の系統、属性は無数。しかし大抵の魔法使いは得意な魔法とそうでない魔法があり、それは民族ごとに似通った傾向があります。そして一人につき十種類前後の魔法適性を持つのが、魔法使いの平均ですわね。ところが今のところあなたはゼロ。魔力はあり、魔法らしき現象を起こしたこともあるのに、自分に適性のある魔法が見つからないとか」

「ふん、嫌みかよ。そういうおまえはどれだけの魔法を使えるんだ」

「わたくしの使える魔法の種類は千を超えます」

あっさり云われたその言葉に、隼平は「うっ」と驚きの声が出た。

一方のソニアは、そんな隼平を高みから見下ろしてせせら笑っている。

「わたくしは千年前から続く勇者の家系の末裔、我が家の歴史においては、ありとあらゆる系統の魔法使いが嫁入りし、婿入りし、その子孫に才能を受け継がせてきたのです。そうした光り輝く系図の末端にいるのがこのわたくしですわ。おーっほっほっほ！」

「くっ、絵に描いたような高笑いしやがって！　もういいよ！　始めようぜ！」

「あら、およろしいの？　これから自分がボロ雑巾にされる覚悟はできまして？」

ふん、と隼平は右の拳で左の掌を叩いた。

「あのさあ、魔法を用いた決闘ってことだけどさ、別に格闘でも構わないんだよな？」

「もちろんですわ。既存の格闘技に魔法を絡めた魔法格闘は立派な魔法戦の一つです」

「そいつを聞いて安心したぜ」

女を殴る趣味はないが、向こうから挑んできた勝負である。それに恐らく、隼平が全力で抗ってもソニアはその上を行くだろう。

「行くぞ！」

先手必勝、隼平は腕を振りかぶりながらソニアに詰め寄り、相手の側頭部を打ち抜くパンチを放った。それをにんまり笑って迎えたソニアが、低い声で云う。

「ライトニング・スピード」

次の瞬間、彼女は閃光となって隼平を貫き、その背後まで駆け抜けていった。そして隼平は宙を舞い、背中から落ちて悶絶する。全身が灼けるように痛い。その痛みが去り、どうにかこうにか手をついて体を起こすと、それを待っていたようにソニアが云った。

「あらあらよかったですわねえ、ここが魔法の力を弱める結界のなかで。わたくしが魔力を抑える呪具を身に着けていて。そうでなければあなた、今頃即死していましてよ？」

「お、おまえ……今のは……」

「自分の体を稲妻に変えただけですわ」

ソニアはあっさりと云ったけれど、それがどれほどの魔法かは想像に難くない。しかも呪文を省略している。学生のレベルを超えている。

「わたくしは千の魔法を使えます。レパートリーが多いと大抵どれも中途半端、器用貧乏で終わってしまうため、仮に多くの系統を使えても数種類に絞るのが普通ですが、それは凡才のやること。真の天才はすべての魔法を完璧に使いこなしてみせますわ。そんなわたくしに唯一不可能があるとすれば、それは手加減ができないということ。ですからわたくしは呪具で自分の魔力を抑制し、その上で強力な技や魔法は使わないようにしていますの。相手を死に至らしめないためには、仕方のないことですわ。でもこうした数々のハンデさえなければ、わたくしがあんな珍妙な魔女に後れを取るはずがないのです！　さあ、立ちなさい！　わたくしの腹はまだ癒えておりませんわ！」

隼平だって、このまま決闘を終わりたくはない。だから歯を食いしばって立ち上がり、しかしソニアを咎めるように見た。

「……なんでメリルにやられた一件の意趣返しを俺にしてるの？」

「あなたがバナナの皮など召喚して、わたくしの邪魔をするからですわ！」

そしてソニアは右腕を掲げて、二の腕を耳につけ、人差し指で真上を指した。

「第二ラウンドですわ。紅玉よ、来たれ！」

するとソニアの指先に、巨大なルビーの塊が現れた。その直径はおよそ一メートル。

「宝石魔法か」

そう云った隼平に、ソニアは攻撃的な熱視線を注ぎながら呪文を紡いでいく。

「紅玉よ、来たりて砕け、無数の砂となり礫となり、幾千万のきらめく赤い流星となって、我が敵を無限に射貫け——スカーレット・サンズ！」

耳を弄するような音がして、巨大なルビーが一気に砕け散った。その破片は砂粒ほどになると、まるでそれ全体が意思を持っているかのように動き、うねり、真紅の波と化して隼平に覆いかぶさってくる。

「う、お、うおおおおっ！」

隼平は思わず目を閉じ、両腕で顔をかばった。そこへルビーの破片が猛烈な砂嵐のようになって、隼平の腕と云わず腹と云わず、全身を激しく打ちのめしていく。

「痛い痛い痛い痛い痛い！」

「ふふふふ、このドームの結界がなければ、あなた今のでルビーの破片に全身を貫かれ、ずたずたになって即死でしたわ。でも、もちろん殺しはいたしません。かといって一撃で気絶させるようなこともしません。わたくしの味わった屈辱を倍にして返し、かつあなたが涙を流して許しを乞うまで、痛めつけてさしあげますわ」

その声がやけにはっきり聞こえたので、隼平が恐る恐る目を開けると、ルビーの嵐はすでに止んでいた。ただしその嵐をなした真っ赤な砂粒は今、一塊となり、一個の球体をなしてソニアの傍らに浮かんでいる。

「え……終わりじゃないの？」

そう尋ねる隼平を指差して、ソニアは無慈悲に云った。

「第二陣、放て」

そしてふたたびルビーの嵐が襲い来る。

それからソニアは、それを何度も何度も繰り返した。どうやら本当に隼平が泣いて謝るのを待っているようだった。しかし隼平はと云えば、許しを乞うつもりなど全然なかった。むしろ逆だ。いい加減、頭に来ていた。

――くそ、この野郎！　痛えんだよ、馬鹿野郎！　その気になれば俺なんて一発のくせに、陰険な真似しやがって！

どうにかソニアに一矢報いてやりたい。だが魔法を使われたらもちろん、魔法を使わない純粋な格闘勝負に持ち込んだとしても、ソニアなら隼平をねじ伏せるくらいのことはできそうだ。では隼平には、為す術がないのだろうか？

――いや、違う。俺にだって魔法があるはずなんだ。俺だけの、魔法。

子供のころ、炎や稲妻を自在に操る魔法使いに憧れた。美しい獣にまたがり、夜空へ駆け上がりたいと願った。星をつかみたいと。しかし、メリルはこう云った。

——君はエロ魔法使い！

「ふ……ふ、ふ、ふ！」

戦いのさなか、隼平はおかしみを感じて笑った。それが異様だったのか、ソニアが眉をひそめて攻撃の手を止める。

「あら、どうしましたの？　気でも触れまして？」

「いや、ただ、おまえのその鼻っ柱を叩き潰してやろうと思っただけだ！」

そうして隼平は自分のなかの魔力を高め始めた。脳天から手足の指先まで、魔法が全身隅々に満ちていく。それをソニアの方でも見て取ったか、彼女は柳眉をきつくひそめた。

「無駄なあがきを……魔法はイメージがしっかりしていなければ発動しませんわ。あなたは自分がどんな魔法の適性を持っているのかを知らない。したがって魔法の完成像をイメージできない。ゆえに魔法を発動するまでのプロセスは構成できても、それが魔法に連絡しない。ですから、魔法が使えないのです！」

「イメージなら、あるさ！」

隼平のその叫びをはったりと思ったのか、ソニアは鋭い笑みを浮かべて云った。

「面白いですわ！　それが本当なら見せてみなさい、あなたの魔法を！」

――云われるまでもねえ。俺の魔法。それは、認めたくないが、エロ魔法！

エロ魔法というものを、隼平はよく知らない。だがその効果についてはメリルが口走ってくれていた。

曰く、女の子の服の下を覗いたり、強制的に裸にしたりするしょうもない効果のものから、自分に恋するよう魅了したり、全身の感覚を鋭敏にしたりするものまであるそうだ。

このうち隼平が注目したのは、二番目の魔法だった。

――強制的に裸にする魔法！

思春期の健全な男子にとって、女の裸を想像することくらいたやすいものはない。そして隼平には、それ以上に切実な想いがあった。

――俺は本当にエロ魔法使いなのか。メリルが云ったことは本当だったのか。この一撃で確かめられる。すべてが！

いくつもの想いを一つに束ね、隼平は右手を銃のかたちにするとソニアに向けた。

「喰らえーっ！」

隼平はそう叫びながら、銃のかたちにした右手を発砲したように動かした。そのとき生まれて初めて、自分の魔力がまともに魔法に繋がるのを感じた。ずっと孤独だった二つの歯車が出会い、噛み合う。世界の法則を書き換える力が力強く運動する。

——これが俺の魔法。

そして魔法が発動し、ソニアの着ている服が下着もろとも全部弾け飛んだ。

「……え？」

ソニアはきょとんとしていて、自分の身になにが起こっているのかまだわかっていないようだった。そして隼平もまた、そうあれとイメージしておきながら、目の前の光景に見とれてしまっていた。ソニアの裸は想像以上に美しかった。女性が服を脱ぐ姿を、雲が動いて陽光が降り注ぐのにたとえたのは誰だったろう。

——ああ、そうなんだ。やっぱり俺ってエロ魔法使いなんだ。今度メリルに会ったら、謝らないとなあ。また来るって云ってたから、来るよな？

と、そのとき突然、やっと、ソニアの理性の歯車が噛み合ったらしい。

「きゃ、きゃああああっ！」

ソニアは絹を裂くような悲鳴をあげ、両腕で乳房と大事なところを隠しつつ、顔を真っ赤にしてしゃがみこみ、顔を伏せて背中を丸めてしまった。同時に宙に浮かんでいたルビーの砂の塊は、床に落ちて砂山を作る。一方、今の悲鳴で我に返った隼平は、改めて自分のしでかしてしまったことを考え、一気に青ざめた。怖くなってきた。

――やばい。やりすぎた？　いやでも俺なんておまえの魔法にさんざん痛めつけられたわけだから、このくらいやり返してもと思ったけど、まずかった？

「ど、どうしよう」

隼平がうろたえてそんな声をあげたとき、背中を丸めて震えていたソニアの、その震えが止まった。そしてその全身から、ただならぬ気配がオーラのように立つのを感じる。

「お、おい……」

と、隼平が半ば怖れ、半ば気遣って声をかけたときだった。顔を伏せたままのソニアの口から、呪詛のような言葉が聞こえてきた。

「我が剣よ、我が鎧よ、我が盾よ！　勇者の名において、光りの玉座より来たれ！」

「なに！」

次の瞬間、室内の空間が鳴動し、虚空に突如として剣と鎧と盾が現れた。

「空間転移！　召喚したのか！」

そしてソニアがすっくりと立ち上がると、鎧がはじけ飛んだ。ばらばらになった甲冑の各パーツがひとりでにソニアの体に飛びかかり、その身を鎧い、武装は一瞬で完了する。

あっという間に、隼平の前には青き騎士の鎧を纏ったソニアが立っていた。右手に剣を握り、左手に盾を携えている。その勇姿を前にして、隼平は声もない。

そんな隼平を感情のない目で見て、ソニアは云った。

「これはわたくしの祖先、勇者アルシエラが魔王を討った際の武装ですわ。聖剣オーロラスパークと、そして勇者の盾と鎧……現在はわたくしが継承しています」

「そうなんだ」

と、当たり障りのない返答をした隼平に、このときソニアが剣の切っ先を向けてきた。

「一ノ瀬隼平。勇者の末裔として、あなたを殺します」

「……は？」

なにを云われたのか、すぐにはわからなかった。理解がおよぶと、隼平はソニアを宥めようと笑いかけながら両の掌を向ける。

「いや、待てよ。落ち着いてくれ。裸を見られたくらいで殺すのはやりすぎだろ。どう考えても釣り合わないぜ。それにこれは決闘でのこと。色々な意味でお互い様だぜ」

「残念ながら事はそういう次元を超えてしまいました。なにも聞かずに観念しなさい。せめてもの慈悲として、痛みを感じぬよう殺してあげましょう」

そう淡々と語るソニアの冷たい眼差し、人形のように凍りついた表情を見て、隼平は初めて恐怖を感じた。これは裸を見られた女が真っ赤になって怒っているのとは違う。もっと冷たい、非情な殺意が、研ぎ澄まされた不可視の刃となって突きつけられているのだ。

「ちょっと……マジ？」

ソニアはなにも云わない。それでソニアの本気を感じ取った隼平は、半ばパニックに陥りながらも、どうにか話し合いで解決しようと必死に声を振り絞った。

「なんでだよ！　なんでいきなり俺を殺すとか、そんな物騒な話になってるんだ！　理由を云え！　説明しろ！」

するとฉ歯を食いしばったような顔をしていたソニアが、怯んだように眉宇を曇らせた。それを活路と思って、隼平は踏み込むように叫ぶ。

「話せ！」

果たして甲斐はあった。ソニアはゆっくり剣を下ろすと、隼平に理由を語って聞かせるというよりは、自分の正義に瑕疵がないか確かめるように話し始めた。

「最初にあなたはバナナの皮を召喚しましたわね」

「え？　おう」

「そのバナナの皮に、わたくしが足を取られて下着をさらした。さらに先日はあなたの起こした風がわたくしのスカートをめくって、それで決闘になった。そして今日の勝負のこの一幕、わたくしを裸に剥いた謎の魔法……このような破廉恥行為が三つも重なればわかります。あなたの使った魔法……それはエロ魔法ですわね」

「げっ」

「そしてそれを使えるあなたは、魔王ゼノン・イールズオーヴァの転生」

「げげえっ！　なんでおまえがそのことを……って、おまえは勇者アルシエラの末裔だったな。魔王に関するいろんな伝承を知ってても不思議はないってことか」

「そういうことですわ。やはり前世の記憶が戻っているのですわね。だからエロ魔法を使うことができた」

――いや、記憶は全然戻ってなくて、メリルから話を聞いただけなんだけどな。

だがそれを話せば余計ややこしいことになるのは目に見えているので、隼平はひとまずこう取り繕った。

「待ってくれ、俺は全然わからないんだ。前世の記憶なんて戻ってない！　ただ、そう、断片的な知識があるだけで、自分がエロ魔法使いだって知ったのも、本当に昨日の今日なんだ！　本当だ！」

実際、隼平は前世の記憶など取り戻していない。メリルのことを伏せただけで、云っていること自体は真実だ。果たして心が通じたか、ソニアの目つきが少しばかり和らいだ。

「たしかに転生の秘術は不完全なもの……完全な記憶の引き継ぎに失敗していてもおかしくありませんわ。わかりました、自分が殺される理由くらい、話してさしあげましょう」

ソニアはそこでいったん言葉を切ると、ぽつりぽつりと昔話を語り始めた。

「今より千年の昔、ロンドンに魔王と呼ばれた大魔法使いがいましたの。名前はゼノン・イールズオーヴァ。彼は極めて特殊な『ある一つの魔法』の専門家で、他の魔法はまったく扱えぬ代わりに、その魔法を使えるのは彼だけだったと云う話ですわ。彼の百人の子供たちにも遺伝しなかったそうですから、一代限りの特異魔法だったのでしょうね」

「……それが、エロ魔法？」

「その通り。我が家の伝承によると、エロ魔法にはこんなものがあるそうですわ。女性を無制限に魅了するテンプテーション、全身を敏感にするオーバーフィーリング、触れた乳房やお尻の大きさを自由自在に変化させるゴッドハンド、利尿作用をもたらすウォーターダウン、対象の女性が自分以外の男と交わることを不可能にするヴァージン・プロテクト、そして女性を裸にしてしまうクロスブレイク……ゼノンはエロ魔法を使って多くの女性を虜にしていましました。我が祖アルシエラも、その一人だったそうですわ。勇者は魔王の恋人だったのです。しかしゼノンは次第に増長し、指輪と刻印からなる禁断の奴隷魔法に手を出すようになりました。それを見たアルシエラはついに怒って剣を取り、ゼノンを討ったのです。そして死にゆく彼に転生の秘術をかけ、来世で会いましょうと云ってその最期をみとりました。これがわたくしの先祖の物語ですわ」

――やべえ。メリルの話と一致してやがる。

隼平は頭がくらくらくらしてきた。だが生きるか死ぬかの綱引きをしている今、ショックを受けている場合ではない。隼平は気を確かに持って云う。

「そ、それと俺を殺すことに、なんの関係が？」

「今の話には続きがありまして……愛する人を自らの手で殺めた感傷によって転生の秘術を施したアルシエラですが、のちにそれを誤りだったと判断しましたの。だって魔王の生まれ変わりが、後世でまた同じ過ちを繰り返したら大変でしょう？　そこでアルシエラは、魔王とのあいだに儲けた息子に使命を授けました。アルシエラの長子の血筋は勇者の記憶と装備を受け継ぐ。そして魔王の転生と遭遇した代の勇者は、戦ってこれを討てと！」

その言葉は落雷となって隼平の頭に落ち、ソニアは改めて剣と盾を構えながら叫んだ。

「そう！　魔王の生まれ変わりを討つは、勇者アルシエラの末裔たるわたくしの使命！　まさかわたくしの代でそれが起こるとは！　こんなところで、いきなり遭遇しようとは、夢にも思いませんでしたけれど」

「ば、かな……待ってくれよ！　たしかに俺は魔王の生まれ変わりなのかもしれないが、そんな古い約束事なんかで、俺を殺そうって云うのか！」

「仕方ありませんでしょう。あなたは魔王の転生体、今までは落ちこぼれでしたが、どうやら前世の記憶を取り戻し、エロ魔法に目醒めつつある様子。ならばここで殺すが、世のため人のため、そして全女性のため！　それが正義！」

「ばっ」かやろう、そんな正義があるか！　と叫び出しかけた隼平は、しかしそのとき、鎧を着込んでいるソニアの体が細かく震えているのに気がついた。

よく見れば隼平を見るソニアの目には、紛れもない恐怖が浮かんでいる。尋常に考えれば殺されようとしている隼平の方が恐怖して然るべきなのに、殺そうとしている当のソニアがその行為を恐れているのだ。それで隼平は気づいた。

——そうか、こいつ。

考えてみれば、ソニアが本気で隼平を殺すつもりなら、とっくに殺しているはずである。だがソニアはそれをしなかった。いや、できなかった。色々と長話をして、正義や使命といった言葉を推進力に変えようとしているけれど、今はまだ人殺しの業を前にしてそれ以上進めない感じである。だから隼平が助かるには今しかなかった。

「やめよう、できないんだろう？」

「なにを……」

「人を殺したくない。そんなのは当たり前のことだ。古い掟に縛られて、その手を血で染めることはない。だいたい、後先考えているのか？　今は中世じゃないんだぞ？　俺が魔王だからって、俺を殺せば、おまえもただじゃすまない」

「そのようなことは百も承知。命の償いは命でするよりほかにありませんわ。あなたを殺してわたくしも死ぬ。それが先祖より受け継いだ使命、そう、使命を果たさねば……」

そしてソニアの青い瞳が危険な光りを帯びていく。それを見て、隼平もまたなにか腹が据わるような気がした。

「たとえ魔王の生まれ変わりだとしても、俺は一ノ瀬隼平なんだ！　ゼノンとは違う！　だから約束するよ、俺は魔王になんかならない！」

その心からの叫びが炎となって、ソニアの心になにかを灯したらしい。危険な方へと傾きかけていたソニアが、踏みとどまったのが目を見てわかった。

「本当に？」

「ああ」

「では、わたくしと契約をしていただけますかしら？」

「契約って、どんな？」

隼平がそう訊ねると、ソニアは不戦の態度を示すように剣と盾を捨て、隼平に歩み寄ってきた。そのまま、肉薄してくる。

えっ、と思ったときには、ソニアが隼平の顔に顔を接していた。こんな綺麗な顔が息のかかりそうな距離にあって、隼平は思わず状況も忘れて赤面した。

　そこへソニアが真面目な顔で云う。

「殺すのはやめですわ。しかし放置は絶対にできません。あなたがこの先、その魔法を正しく身につけ、制御し、邪悪な欲望によって行使しないよう、つまりは正義と情熱と想像力を兼ね備えたレッドハートを持つ魔法使いになれるよう、わたくしがあなたを教育するとともに監視します。以て、わたくしの使命といたしましょう。あなたはそれを受け容れ、わたくしを魔法の師と仰ぐこと。よろしくて？」

「師匠？　おまえが俺の魔法の先生になるってこと？」

「ええ、そうですわ。わたくしには魔王復活に備え、勇者アルシエラが遺してくれたエロ魔法の知識がありますの。なので記憶の引き継ぎが不完全なあなたより、エロ魔法のことをよく知っていますわ。あなたの先生になれるのは、わたくしをおいてほかにありません」

　その提案を前にして、隼平は思わず考え込んでしまった。

「ありがたいけど、それってどうなんだ？　おまえとしては俺がエロ魔法を使えないまま終わった方がいいんじゃないの？　なのに俺を育てるなんて、本当にいいのか？」

「もちろんいいに決まっていますわ。だってわたくしが教えるまでもなく、あなたは女性を裸にする魔法『クロスブレイク』に到達したではありませんか。そう、転生の秘術は不完全でしたが、魔王としての記憶も、力も、あなたの奥底に眠り続けているのです。それがいつどんなきっかけで表に出てくるかはわかりません。ならばいっそのこと、わたくしが教えて差し上げます。あなたにエロ魔法の初歩からきちんと習得してもらい、そしてその過程で自らを律する方法を学んでいただきます」

そう聞いて、隼平のソニアを見る目はたちまち光り輝いた。

「わかった。そういうことなら、おまえを俺の先生として受け容れる。よろしく頼むよ」

「結構。では契約の証として、勇者の家系に伝わる秘術の一つを用いて、今からわたくしたちにある魔法をかけます。あなたはわたくしを裏切らないし、わたくしはあなたを裏切らない。そういう魔法ですわ。理解したら、目をお瞑りになって」

その言葉には有無を云わせぬ迫力があり、隼平は云われた通りにしたが、すぐに片目だけ開けて訊ねた。

「それって痛くない？」

「痛くありませんから、わたくしが良いと云うまで目をお瞑りなさい！」

そう雷を落とすソニアは肩に力が入っていて、どこかぎこちなかった。

「はいはい」

隼平は今度こそ、急いで固く目を閉じる。すると瞼の闇の向こうで、ソニアが深呼吸したのが伝わってきた。なにをする気だろうと思っていると、なにか甘い香りが押し当てられ、唇に柔らかいものが触れた。

――ん？

驚き、目を開けると、目を瞑っているソニアの顔でほとんど視界が埋め尽くされていた。隼平はあまりのことになにが起こっているのか、すぐにはわからない。

――え？　俺、今なにしてる？　これは、まさか。

「ぎゃ、ぎゃあああっ！」

隼平は思わずのけぞり、ソニアから顔を離すやそう叫んでいた。ソニアの方もたちまち目を丸くし、隼平がどんな反応をしたのか悟って目に角を立てる。

「失礼ですわ！」

「だっておまえ、今、俺に、キ、キスとか――」

「これが契約なのですから仕方ないでしょう！　わたくしだって初めてのキスなんですから、月明かりの下とかでしたかったですわ！」

「いやいや、あのさあ――」

言葉が途中で途切れた。突然、心臓に熱を感じたのだ。見ればソニアも片手で胸を左胸を押さえている。

「おい、ソニア、これは――」

「どうやら、魔法が成功したようですわ。命を共有する魔法」

「命を、共有?」

「そう、わたくしが死ねばあなたも死に、あなたが死ねばわたくしも死ぬという、シンプルな魔法ですわ」

そう勝ち誇ったように笑うソニアを前にして、隼平は唖然としてしまった。

「それは、魔法というより呪いでは……?」

「ふふん。もしあなたが道を外れてわたくしの目の届かないところに逃げたとしても、わたくしが自決すればただちにあなたも死ぬのです。覚えておきなさい」

――うわあ、めんどくせえ。

隼平は自分の自由が鎖に繋がれてしまったようで厭だったけれど、ソニアの方は満足そうに何度も頷いている。

「これでわたくしが人殺しの業を背負うときは、ただちに自らの命で償うことになるのですから、筋は通りますでしょう。まったく、今は中世ではないのですから、悪を殺してはいおしまいというわけにはいきませんわ。これが妥当というものです」

そうだろうか? 隼平は首を傾げたが、それよりも気になることがあった。

「ちなみにこの魔法、有効期間はあるのか？」

「ありません、永続ですわ」

ソニアはそう云って得意げに胸を張った。


そのあと今後のことを話し合うため、隼平とソニアは二人して学生寮(がくせいりょう)に戻ってきた。ソニアも留学生としてこの寮に住んでいるわけだが、隼平を自分の部屋に招く気はないらしく、話は寮の十九階にある隼平の部屋で行われることになった。ちなみにソニアは勇者の装備をロンドンへ送り返し、修復魔法で直した元の制服姿である。

「お邪魔いたしますわ」

そう云って隼平の部屋に上がったソニアは、部屋のなかを見回して云った。

「意外にもそこまで汚(きたな)い部屋というわけではありませんわね」

「まあな」

「しかしなんというか、家具や小物にセンスを感じませんわ。全体的に殺風景ですし。もう少しなにか彩りを添(そ)えたらどうですの？」

「クソ狭(せま)いんだからしょうがないだろ。まあとりあえず適当なところ座(すわ)ってくれよ」

隼平はそう云いながらベッドに腰(こし)を下ろした。

その隼平を視線で追いかけて、ソニアははてなと訊ねてくる。

「お茶は？」

「そんなものはない。俺は料理とかしないし、買ってきたものはすぐ飲み食いしちゃうから冷蔵庫のなかもからっぽだよ。飲みたいなら下の売店で買ってこないと」

隼平がそう云うとソニアは信じられないといった顔をして仰のき、それから眩暈でも覚えたかのようにこめかみのあたりを指で押さえた。

そんなソニアの様子を見て、隼平はさすがに自分の方が非常識だったかと思った。

「ど、どうしてもって云うなら、水道水でも飲むか？」

「いえ、もう結構ですわ」

ソニアはため息まじりにそう答えると、ローテーブルの傍に正座をして云った。

「さて、本題に入る前に確認しておきますわ。先ほどの決闘の結果についてですが、わたくしの勝ちということでよろしいですわね？」

「……それだと俺は、おまえを魔法で攻撃しようとした件でお咎めがあるんだけど」

「それは当然ですわね。でも大した罰にはならないよう、わたくしから口添えしてあげます。それにあなたが勝利したとなると、周囲への説明が面倒ですわ」

それはそうだった。隼平とソニアが戦って、隼平が勝つなど誰も思わない。隼平が負けた、ということにした方が波風立たなくてよい。

「オーケー、そういうことにしておこう。それで本題だけど」

するとソニアも口元を引き締めて云う。

「ええ。まずあなたは学校で落ちこぼれ扱いされていますわよね」

「ああ……自分がエロ魔法使いだなんて知ったのは、本当に昨日の今日なんだ」

「それは、前世の記憶が突発的に蘇ったということですの？」

「うん、まあ、そんなところ」

本当はメリルに指摘されたのだが、それを話せばややこしいことになる。なぜならメリルは近藤教諭を病院送りにした凶悪犯ということになっており、ソニアもその認識でいるはずだからだ。もし隼平がメリルと友好関係にあることが知られれば、そのあたりの誤解を解くのは非常に難しく、ソニアはふたたび隼平を殺すと云い出すかもしれない。

――そう、俺とメリルの関係は、ソニアには絶対秘密にしないとな。

隼平はひそかにそう決心しつつ、ぽつぽつと話し出した。

「今までは『なにか奇跡が起きれば』っていう、ふわっとしたイメージで魔法を使っていたから、不発や暴発を繰り返していたんだと思う。でも……」

「ええ、これからは違いますわ。あなたは自分の魔法の正体を知った。ですからイメージ次第で、自分の魔法を自在に使いこなせるようになっていくでしょう」

つまりはようやく、魔法使いとしてのスタートラインに立ったのだ。そのことに隼平が胸を熱くしていると、ソニアがこんなことを訊ねてきた。

「それでわたくしがまず訊きたいのは、あなたのことですわ」

「俺の？」

「ええ、わたくしはあなたの先生になりました。先ほども申し上げた通り、あなたにはエロ魔法を統御(とうぎょ)する技術と精神を身に付けてもらいます。でもそれと同じくらい大切で、決してあだおろそかにしてはならないのが、あなたの心ですわ」

そう云われて隼平は驚いた。魔王の転生である自分はこれからソニアに厳しく管理されていくのだと思っていたし、それも仕方のないことだと諦(あきら)めていた。だがソニアの隼平を見る目には清い光りがあり、それが隼平にはあまりにも意外であったのだ。

「ええっ、なんだよ？　おまえ、すごくまともなことを云おうとしてないか？」

「わたくしは、いつもまともです！」

隼平をそう一喝(いっかつ)したソニアは、こほんと咳(せき)ばらいをすると、気を取り直したように云う。

「はぐらかさずに、素直(すなお)に教えてくださいまし。そもそもあなたは将来どうしたかったんですの？　夢は？　希望の職業は？　あるいは身の上話でも構いません。特に部活動などしていないのに寮に残っているということは、なにか事情があるのでしょう?」

その部分に触れられるとは思わなかった。隼平はちょっと鼻白んだが、もはやソニアとは命を分け合った運命共同体なのである。一通りのことは話しておかねばなるまい。

そういうわけで隼平は、先日楓に話したことをソニアにも話して聞かせた。魔法使いに憧れた幼少期のこと。非魔法使いの両親から生まれた突然変異であること。そのせいで家族が壊れたこと。そして今日まで魔法学校の落ちこぼれであったこと、などをだ。

「楓さんに云われたよ。『魔法が好きで魔法が嫌い。大変だな、ぐちゃぐちゃで』って」

「そう。今は、どうですの?」

「うーん……正直エロ魔法使いだなんてショックなんだけど、その一方でこうも思うんだ。今までずっと落ちこぼれだった俺も、これでやっと一人前の魔法使いになる道筋がついたんだなって。だからそう、やっぱり、自分の才能を試してみたいよ」

「そう……では、まずはあなたの『落ちこぼれ』のレッテルを剥がすところから始めましょうか。あなた、レッドハート・ブレイブの一員になりなさい」

「な、なに?　俺がレッドハート・ブレイブ?」

「ええ。楓さんが先日おっしゃっていましたの。『隼平はこのままだと落ちていく一方だ。そこで高い目標を持たせたい。レッドハート・ブレイブを目指させるのはどうだろうか』と。

その話を聞いたとき、わたくしはあなたなんかには絶対無理だと思いましたわ。でも考え直しました。これはちょうどいい目標です。そう思いませんこと？」

「か、楓さん、そんなこと考えてたのか。だが待ってくれ。それは……」

いきなりそう云われて隼平は面食らったし、及び腰になった。だが隼平が早くも尻に帆をかける準備をしているのを見抜いたか、ソニアが柳眉をひそめて云う。

「なんですの？　自分にはできないと思っているんですの？　いいえ、できます。やればできるし、手を伸ばせば掴めます。ましてわたくしが協力するのですわよ？　あなたはなんでもできるし、なりたいものに絶対一〇〇パーセントなれますわ！」

顔を輝かせてそう朗々と語るソニアが、隼平にはあまりにも眩しく、美しく見えた。

「……おまえ、すごいな。本当になんでもできる気がしてきたよ。でも俺はエロ魔法使いなんだぜ？　このことが人にばれたらまずいだろ？」

「ええ。あなたが魔王の転生であること、使う魔法がエロ魔法であること、この二つは秘密にしなければなりません。余人に知られたら、きっとろくなことにはなりませんから」

「だったら……」

「ですから、エロ魔法をエロ魔法とばれないように使えばいいのです。結果は明かしても過程は明かさず、上手く応用することで、別系統の魔法使いを装えばいいのですわ」

「そんなことが、でき……」

「口癖のように『できない』と云わない！」

心を読まれたような大喝に、隼平は背骨を入れ替えられたような気がした。

ソニアはすっくり立ち上がると、ベッドに腰かける隼平を見下ろして云う。

「あなた、このままでいいんですの？　せっかく魔法使いとしてのスタートラインに立ったのですわよ？　エロ魔法を使いこなし、余人を欺き、落ちこぼれの谷底から駆け上がってみたいと思いませんの？　ちょっとでも思うなら挑戦なさい！　挑戦して、これからの学生生活を輝かせてみせなさい！　その方がきっと楽しいですわ！」

「おまえ、おまえは……」

ソニアの輝きに照らされ、隼平は自分の心が夜明けを迎えるのを感じていた。思い出すのはメリルと初めて会った日、楓に説教をされたときの会話だった。

――魔法使いってだけで、なんでこう、なにもかもに縛りがつくんだ。

――それが魔法使いに生まれた者の宿命だ。

あのときは、落ちこぼれの自分が魔法使いとしての義務だけ背負わされているようで憤慨していた。だが今日からは違う。今日からは、本当に魔法使いなのだ。

「ソニア……」

「わたくしはあなたの師匠となったのです。弟子(でし)の心の翼(つばさ)を折ることなく、羽ばたかせてみせるのが師匠たる者の務め。ですからあなたも全力でわたくしに応(こた)えなさい」

「ああ、がんばる。がんばるよ……」

隼平は必死に息継(いきつ)ぎするようにそう云うと、座っていてはいけないと思ってベッドから立ち上がり、きらきら光る瞳でソニアを見つめて云った。

「改めて約束する。俺は魔王になんかならない。おまえを失望させたりもしない。そしてこの落ちこぼれの汚名(おめい)を返上して、レッドハート・ブレイブの一員になってやる！」

「たいへん結構(よろしい)」

唇をほころばせたソニアは、そこで一転、真面目な顔つきに戻った。

「では具体的な訓練のスケジュールを決定しましょうか。わたくしはスーパーエリートですから色々と予定が立て込んでいるのですが、どうせあなたは暇(ひま)でしょう？　わたくしに合わせて日程を組んでいただきますが、異存ありませんわね？」

「ああ、ないよ。ただ、その……」

そこで隼平が云いにくそうに口ごもると、ソニアは眉をひそめて小首を傾げた。

「なんですの？」

「いや、あのな。ふと思ったんだけどさ、エロ魔法の内容ってあれだよな。その、つまり……全身を敏感にするオーバーフィーリングだとか、触れた乳房やお尻の大きさを自由自在に変化させるゴッドハンドだとかを、おまえにやっていいの？」

ひきっ、とソニアの喉の奥で変な音がした。見れば顔も引きつっている。

もしここで彼女がうんと云えば、これはメリルよりも大事件だ！

果たしてソニアは、満面に決意を漲らせ、困難に挑む者の目をして口を切った。

「つまり、わたくしをエロ魔法の実験台にすることについて、躊躇を感じているということですわね。それはわたくしにもわかります。それが常識というものです。しかしこうなった以上、致し方ありませんわ。これも世のため人のため……挺身するのが勇者の子孫たる者の使命！　この身を捧げることで将来の悲劇を回避することができるのでしたら、わたくしは喜んで捧げましょう！」

ソニアは高らかな声でそう云うと、自分の右手を雄々しく胸にあてた。

「遠慮せず、全力でぶつかっていらっしゃい。わたくしは勇者アルシエラの末裔にしてスーパーエリートなのですから、不出来な転生を果たしたあなたのエロ魔法なんかに、絶対負けたりしませんわ！」

こうしてこの日から、隼平とソニアのエロ魔法秘密特訓が始まったのである。

第五話　××な魔法なんかに絶対負けたりしない！

　隼平はもちろん、メリルや指輪のことを忘れたわけではない。だがこちらからメリルに連絡する手段がない以上、今の隼平にできることはエロ魔法の特訓であった。

　――俺がエロ魔法を使いこなせるようになれば、レッドハート・ブレイブの一員になれるかもってだけじゃない。十年前に奴隷の印を刻まれてしまった十人の女の子から、その刻印を拭い去ってやることができるかもしれないんだ。

　隼平はそう考え、メリルのことを気にかけつつも、ソニアとのエロ魔法の特訓に明け暮れる日々を過ごしていた。

　そして八月中旬、もう夏休みも折り返しに入ったその日の午後、隼平はソニアと二人で魔導戦闘教練ドームの地下、あの決闘の行われた部屋を訪れていた。

　エロ魔法の訓練風景を人に見られるわけにはゆかないので、いつもは隼平の部屋やら空き教室やら、外部の多目的ルームを借りるなどしていたのだが、今はちょうど盆休みの時期で部活動もない。そんな時期に、ソニアはふたたびこの部屋を借りたのだった。

「……ちなみに、魔導戦闘教練ドームのあちこちにはセキュリティカメラがあるのですけれど、地下の各部屋にはそれがありませんの。魔法使いの名門には門外不出の特殊な魔法を有していることがよくあり、そういう魔法の訓練をするのにカメラの存在が許されないからですわ。したがってここではエロ魔法を使っても大丈夫」

そう云って隼平の前に立ったソニアは制服姿である。学校の設備を使うときは制服を着るのが彼女のドレスコードらしく、隼平もそれに付き合わされて制服だった。

「さあ、まずは肩慣らしにいつものやつをやってごらんなさい」

「おう」

隼平はそう返事をすると手慣れた動きで右手を前に差し出し、掌をソニアに向けた。そして魔力を高め、想像して念じ、囁く。

「グリッター・ウィッシュ！」

するとソニアの足元で巻き起こった風が、彼女のスカートを盛大にめくった。だがソニアは堂々としたものだ。下にスパッツを穿いているから、当たり前ではあるのだが。

ともあれ、風が止むとソニアは髪とスカートを正し、手振りを交えて云う。

「スカートめくりの魔法グリッター・ウィッシュは、完璧に体得したようですわね」

「我ながらすごく情けないいんだけど。なんだよ、スカートめくりの魔法って」

「そういう魔法なのですから仕方ありませんでしょう。さあ、準備運動はおしまい。あれをやりますわよ。と云っても、あなた一向に成功しませんのですけれど」

ソニアはそう云うと、次なる魔法に備えて軽く身構えた。

隼平の方もまた手を下ろし、肩の力を抜いて精神の統一を図る。

ソニアとの特訓が始まった最初の日、第一に取り組んだのはグリッター・ウィッシュを完璧にすることと、そしてオーバーフィーリングと云う魔法であった。

オーバーフィーリングとは女性の全身を敏感にする魔法だ。体のすべて、腕だろうが脚だろうがどこであっても、一指触れただけで大変なことになってしまうと云う。ソニアがそんな魔法に真っ先に手をつけたのには理由があった。

――わたくしの精神力をもってすれば、そのような魔法におくれを取ることなどありえませんわ。たとえ皮膚のどこを触れられようとも、耐え切ってみせます。

と、こう豪語するので、まずオーバーフィーリングを使えるようになるところから始めてみたというわけである。だがここ数日、魔法はどうにも上手く発動しなかった。

「くどいようですけれど、魔法を成功させる秘訣は、まず第一に自分の魔法を信じること。そして自分の魔法がもたらす奇跡を強くイメージすることですわ。イメージについては手本となる教師がいれば早いのですけれど、あなたの魔法はオンリーワンですから、自分で到達するしかありません。さあ、想像してごらんなさい」

想像しろとは、ソニアが隼平の魔法に屈服している姿を想像するべきなのだろうか。手を握られただけで腰が砕けてしまうソニアを、しかし隼平はうまく思い描けない。彼女が隼平の魔法に耐えようとしているのだから。

しかしそのイメージを破って、彼女が敗北している姿を想像した方がいいのだろうか。

——うむむむ！

練り上げた魔力をこれ以上維持し続けるのも難しく、隼平はソニアを驚かせてやろうと思って魔法を放った。

「オーバーフィーリング！」

いつもは、これでなにも起きずに失敗するのだ。だが今日は違った。なにか手ごたえがあった。それは錯覚ではない。まさに隼平は、自分の手のなかになにかを感じていた。

「ん？」

いつの間にか握りしめていた右手を開いてみると、どういうわけか白い布の塊をつかんでいた。しかも生温かい。

「なんだこれ？」

両手で持って広げて見るとレースのあしらわれたブラジャーである。

「はっ？」

思わずそんな声が出た。これはいったいどういうことなのか、説明してもらいたくてソニアを見ると、彼女は目を丸くしながら両手でしきりに自分の胸を触っている。

「……ない」

「えっ？」

と、今度は隼平が目を丸くした。そこへ無表情になったソニアが詰め寄ってくる。

「今あなたが使った魔法は、オーバーフィーリングではありませんわねえ」

「じゃあ、なに？」

「恐らく、クロステイカー。女性の衣類を略奪する、犯罪的エロ魔法ですわ！」

次の瞬間、渾身のボディーブローが炸裂し、隼平は蛙のようにひっくり返った。手からも力が抜け、宙に舞ったブラジャーをソニアの右手が掴み取る。

「ちょっと更衣室に行かせてもらいますわ」

そう云って、ソニアは足音も荒く歩み去っていった。

やがて体を起こした隼平は、その場に座り込み、殴られた腹を押さえながら考えた。つまり今のはオーバーフィーリングを使おうとして別の魔法を起動させたのだろう。クロステイカー、ソニアが身に着けていた下着をテレポーテーションで強奪したのだ。

「……限定的な空間跳躍をしたっていうのか？」

空間転移は超高等魔法だ。それを実現してしまえるのは驚異的だが、しかし女性の衣類を奪い取るという極めて限定された目的のためにしか使えないのが情けない。

——こんなんで別系統の魔法使いを装うとか本当にできるのかよ。

スカートめくりの魔法や下着を奪う魔法をどう応用すればいいのだろうか。隼平が頭を抱えていると、ソニアが戻ってきた。それがまだぷりぷり怒っている。

「よろしくて？　二度と、金輪際、絶対に、わたくしの予定から外れて勝手なエロ魔法を使わないこと！　わかりまして？」

「わざとじゃないんだよ」

「ノー、口答え！」

そう怒声を叩きつけられ、隼平は「わかりました！」と破れかぶれの返事をした。

そしてふたたびソニアと対峙したのだが、心中、穏やかではいられない。わざとじゃないと訴えたのに聞いてもらえず、しかも殴られた腹はまだ痛い。

——くそう、このアマ。

隼平は我知らず、針のように尖った視線でソニアを射貫いていた。ここ数日、オーバーフィーリングが不発に終わって訓練を終えるたびに、ソニアには「時間の無駄でしたわねえ」だの「教える意味あるんですの？」だの「実に呑み込みが悪いですわ」だの、散々に毒を吐かれてきた。今日とてこのまま終われば、また罵られることは目に見えている。

それは厭だという負けん気と、殴られた腹の痛みが渾然一体となって、隼平の胸臆でマグマのような闘志が煮えたぎっていた。

「さあ、いつでもよろしいわよ？」

ソニアのその言葉を皮切りに、隼平は全魔力を結集させた。

――絶対次こそは、魔法を成功させて、おまえをぎゃふんと云わせてやる！

このとき隼平はソニアに対するすべての遠慮をかなぐり捨てて、彼女をこの手で貶めてやろうとすら思い、渾身のイメージとともに魔法を放った。

「オーバーフィーリング！」

すると見よ、隼平の右手から光りの波動がほとばしり、それがソニアの全身を白く照らす。一瞬の閃光であり、また一見して大きな変化は起きていなかったが、こうした現象が起きたのは初めてのことで、隼平はちょっと興奮して声をあげた。

「成功したのか？」

「どうでしょう。まだわかりま――ひきっ！」

自分の体を確かめるように両腕を動かし、両の掌を見下ろしたソニアは、そこで急に変な声をあげて固まった。それを見た隼平が小首をかしげる。

「どうした？」

「こ、れは……まさか……腕を動かしただけで……？」

「おおい」

どうにも埒が明かぬと思い、隼平はソニアに向かって歩き出した。するとソニアは電撃に打たれたように狼狽し、しかし身動きが取れないようだ。

「お待ちなさい！　なにか、変ですわ……」

「変って、なにが？」

待てと云われても、隼平はソニアのすぐ目の前に立った。心なしかソニアが顔を引きつらせ、のけぞっている。

「皮膚感覚がおかしいんですの。空気、そう、体を動かして空気に触れること自体が、なにやら、非常に、非常に……」

その要領を得ない話に、隼平は首をひねった。

「よくわからんが、オーバーフィーリングは全身の感覚を鋭敏にするんだろ？　それって成功したってことじゃないのか？」

「それは、そうかも……」

喋っているうちにソニアの顔がどんどん赤くなってきている。これは本格的に魔法が効いているようだと思い、隼平はにんまり笑うと右手の人差し指を立てた。

「確認してみていいか？」

「か、確認？」

「おまえの体……手でいいや。手の甲に指で触れてみる。それで敏感になっていたら魔法は成功ってことだろう？」

「そうですが、それは少しまずいような……」

「なんで？　スーパーエリートの精神力なら耐えられるんだろ？」

そう云われてソニアは愕然としたようだった。しかし矜持が勝ったのか、やがて彼女は強気の笑みを顔中に広げると、紅潮した頬に脂汗を流しつつも頷いてみせる。

「も、ちろんですわ。さあ、どうぞ。お触りになって」

ソニアはそう云うと、右手を鶴の頭のようにして隼平に手の甲を向けてきた。綺麗な手であった。白皙で指は長く、爪はよく整えられて真珠のように光っている。繊手とはこういう手を云うのだろうと思いつつ、隼平はその手の甲を指で軽く突いた。

「……ん！」

ソニアは咄嗟に歯を食いしばったが、声は抑えられなかった。甘い声がやけに大きく聞こえ、隼平は正直なところ怯みさえした。見ればソニアは泣き出しそうなくらい目を潤ませ、頬を紅潮させ、息遣いも荒い。

「お、おい。大丈夫か？」

「こ、これは……ほんのちょっと手の甲を指先で触れられただけなのに、この背中を駆け抜けるものは、くうっ！」

「おおい、ソニア？」

ソニアはどういうわけか内股になり、太腿を擦り合わせながら唇を噛み、悔しげな顔をして隼平を睨みつけてくる。

「……いえ、どうやら、魔法は成功しているようですわ」

「そうか」

隼平はそう云うと、ふたたびソニアの手の甲に指で触れた。不意打ちであったせいか、ソニアは隼平が驚くほど大きな声をあげ、それから全力疾走でもしたような息遣いの合間に声をあげる。

「な、なにを、するんです、の……！」

「いや、もうちょっと効き目を確かめないと。勇者の子孫なんだから平気だろ？」

隼平がにんまり笑って尋ねると、ソニアは唖然としたようだったが、やがて自分を取り繕(つくろ)うことを思い出したようである。

「も、もちろん平気ですわ。ただあなた、よもや愉悦(ゆえつ)を覚えていませんこと？」

「いいや、別に。たださっき殴られたお返しもあるからね。俺(おれ)の魔法におまえがどれだけ耐えられるか、勝負と行こうじゃないか」

　勝負の二文字を持ち出すと、ソニアの青い瞳にたちまち炎が燃え盛った。

「受けて立ちますわ！」

　そう啖呵(たんか)を切って、ソニアはふたたび右手を鶴の首のようにして隼平に向けてきた。

「さ、どうぞ」

　隼平はまた指でつついてやろうと思ったけれど、それでは芸がない。咄嗟にそう思い直して、ソニアの手に顔を近づけるとふうっと息を吐きかけた。

「あ、あああああっ！」

——だから声がでかいって。

　そう思った隼平を、ソニアは息を荒らげながら、親の仇(かたき)のように睨んできた。

「なんという不意打ち……卑怯(ひきょう)千万、卑劣(ひれつ)極(きわ)まりありませんわ！」

「ちょっと息を吹(ふ)きかけただけじゃないか。ほい」

　そう云って、今度は本当に指で触れてみた。ソニアは飛び上がるのかと思うほど体をびくつかせたが、本当に後ろに跳び退ったりはしなかった。顔はあっという間に真っ赤で、目は涙があふれてこないのが不思議なほど潤んでいるけれど、彼女はどうにか耐えていた。

「ふ、ふ、ふ……このようなことでわたくしが倒れると思ったら、大間違いですわ」

「そうか。じゃあここからは連続で行くぞ」

隼平はそう宣言すると、ソニアの手の甲を短い間隔で何度もつついた。そのたびにソニアは必死な声を絞り上げる。

「わた、くし、はぁっ！　エロ魔法、なんか、にいいいっ！」

そんなソニアの表情を見、声を聞いていた隼平は、それが苦なのか快なのかわからなくなっていた。全身の感覚が敏感になるという話なのだから、快なのかもしれないが、行き過ぎれば苦になるのかもしれない。そして苦も度を過ぎれば快になるのかもしれない。

どちらにせよこれは勝負であり、ソニアはいつしか肩で息をしながらも、その濡れた目から闘志を消していないのだった。

「絶対、負けた……り、しな――」

――がんばるなあ。

隼平はソニアにいっそ敬意を懐いたけれど、彼女がどこまで耐えられるのか、そしてオーバーフィーリングの魔法がどれだけの効果を発揮しているのか知りたくて、とどめを刺

すことにした。すなわち、手の甲をつついていたのが、出し抜けに両手で思い切りソニアの手を握りしめたのである。その瞬間だった。

「――――！」

声にならぬ叫びを発し、ソニアは勢いよく天井を見上げると、そのままがくがくと痙攣を始めて仰向けに崩れていった。それで泡を喰ったのが隼平である。

――やばい、やりすぎた！

隼平は両手で握りしめていたソニアの右手を引っ張って、仰向けに倒れていく彼女を引き寄せ、自分の胸で受け止めた。そして壊れものを扱うような慎重さで床に寝かせ、隼平自身は彼女の傍らに片膝をついてその顔を覗き込んだ。

「お、おい……大丈夫か？　悪い、ちょっとやりすぎたみたいだ……」

だが返事はない。あるいは失神しているのだろうか？　倒れた拍子に髪が乱れてソニアの表情は覆い隠されており、隼平にはそのあたりの判断がつかなかった。

「おい」

もう一度そう呼びかけ、肩を揺すり、最後に顔を覆っていた金色の髪を手でどかすと、ソニアの見開かれた青い目がぎょろりと動いて隼平を見てきた。

「なんだ、起きてるじゃないか」

ほっとした隼平に、ソニアは息も絶え絶えに云う。

「どうやら、一度ピークを過ぎると魔法の効果も切れるようですわ……今はもう、皮膚の感覚が元に戻っています」

――ピーク？

その意味がよくわからず隼平は小首を傾げたが、汗を掻いて花粉の蒸れ立つようになっている今のソニアにあれこれ質問するのは、なんとなく憚られた。

「水でも持ってこようか？」

隼平がそう訊ねると、ソニアはかぶりを振ってやっと自ら体を起こした。それを見て隼平は心の底から安堵した。

「大丈夫そうだな」

「ええ、まあ、でもこの魔法、女性に対しては効果覿面で非常に危険ですわ」

「そうか？　じゃあもう使わない方がいいかな」

「いえ、この魔法はあなたがレッドハート・ブレイブに成り上がるために必要なのです。わたくしが最初にオーバーフィーリングを選択した理由の一つがそれですわ」

そう聞いて隼平は目を丸くした。

「スーパーエリートの精神力云々だけじゃなかったと？」

「ええ。オーバーフィーリングは相手の神経に作用して行動不能に陥らせる、神経系か麻痺系の魔法に偽装することができます。それで女性の犯罪者を取り押さえたりすれば、実績もできますでしょう。分類上は、毒魔法使いということになりますわね」

「毒魔法使い……悪そうなイメージだが、まあ、仕方ないか。でも男の場合はどうするんだよ？　女にしか効かなかったら怪しまれない？」

「男性犯罪者は性転換魔法で一時的に女性にしてしまえばいいのですわ。拘束したら性別を元に戻します。その際、性転換魔法の存在が第三者に露見しないよう、幻惑系の魔法アイテムによる偽装が必要ですわね。今度実家に帰ったときになにか見繕ってきますわ」

そんな話を聞いた隼平は、階段をのぼっていく実感に嬉しくなった。

「な、なるほど！　ソニア、おまえ、ちゃんと考えてくれてたんだな！　だったらまだまだオーバーフィーリングの練習をしたいが、また付き合ってくれるか？」

するとソニアはちょっと顔を赤らめながらも頷いた。

「ええ、よろしいですわ。必要なことですもの。ただし次からはプールかお風呂でやりましょう。わたくし、水着を着てきますので」

——プール？　水着？

隼平には意図がわからなかった。

「なぜ水着を着る必要が？」

するとソニアは目と口を丸くしたのち、「セクハラですわ！」と、いきなり隼平の鼻っ柱を殴りつけてから、立ち上がってシャワーを浴びに向かった。

◇

ソニアには彼女自身の学業なりレッドハート・ブレイブの活動なりがあり、夏休みといえども忙しかった。ソニアに魔法を仕掛けてから決闘に至った例の一件の罰として命じられたトイレ掃除と、あとは夏休みの課題くらいしかやることのない隼平とは違うのだ。

にもかかわらず、ソニアは毎日、隼平のために時間を作ってくれていた。

そんなソニアの心意気に応えるべく、隼平もまたエロ魔法の修行に励んだ。今まで落ちこぼれ扱いされてきた隼平にとって、これは非常に楽しく、やりがいのあることだった。

——魔法使いとしての階段をのぼっていけるのが、こんなにも楽しいなんて！

まさに翼を得たような気持ちでいたその日、一人で日課の早朝ロードワークに出かけていた隼平は、朝日と競うようにして坂道を駆け上がり、てっぺんまで来たところでゴールと思って歩き出した。走るのは好きだった。首筋に手をやると汗でべったり濡れるのに不思議な満足感を覚えながら、夏の朝のさわやかな風に吹かれて車道の端を歩く。この辺りは高台になっていて眺めがよく、道の片側から街並みがよく見えた。

「景色いいね」

「ああ」

ごく自然にそう受け答えをしてから、隼平は息を呑んで立ち止まり、声のした方に顔を向けた。先日の別れ際に見た、漆黒の忍者装束を纏ったメリルがそこにいた。

「お、おまえ、メリル！　メリルじゃないか！」

「やほー、久しぶり。そうだよ、メリルだよ」

そう云ってウインクし、覆面の上から投げキッスを寄越すメリルを唖然として見つめた隼平は、我に返るといつの間にか止めていた息を吐いて苦笑した。

「そうだよな……おまえならこんな風に、前触れもなく突然現れるよな」

「今のメリルは忍者だからね」

メリルはそう云っていきなりその場で宙返りをしてポーズを作った。そんなメリルを仕方のなさそうに見て隼平は云う。

「忍者とか関係なくおまえはいつも突然だろ。でもいいのか？　こんな街中に堂々と現れて……監視カメラに映ったら警察が飛んでくるぞ」

「今は忍者モードで忍んでるから平気平気」

「そういう魔法か」

メリルは着る服によってスタイルの変わる魔法使いだ。忍び装束の場合は、さだめしステルス効果があると云ったところだろう。それとも山風を吹かすような百千の忍法幻法を体得していて、隠遁はそのうちの一つと云うことであろうか。

そんなことを考えていると、横を車が通り過ぎた。だがドライバーにはメリルが見えていないらしい。その見事な隠形に感心しながら、隼平は気を取り直して云った。

「……あー、その、なんだ。あのときは悪かったな。動揺していて、嘘つき呼ばわりしちまって。でもおまえの云う通りだったよ。俺は魔王の生まれ変わりで、エロ魔法使いだ。てことは、エロ魔法の一種に支配の魔法があるのも本当で、それをどうにかしなきゃならんのも事実なんだろう。だから、わかった。協力するよ」

「おお、隼平、話がわかる子になってる……！」

そう云ったメリルは、ちょっと感動さえしているようだった。

「どうしてそんな急に聞き分けがよくなったの？」

「ああ、それは話すと長くなるんだが……」

とはいえ説明しないわけにはいかない。隼平はそう思って、どこからどう話そうか考えを整理し始めた。しかしメリルはかぶりを振って云う。

「ああ、それならメリルの方で勝手に読むからちょっとじっとしててほしいメリル」

「勝手に、読む？」

意味がわからず、きょとんとした隼平の肩を両手で掴んだメリルが、隼平の顔に顔を接してくる。美人だったから、ちょっとどぎまぎしてしまった隼平にメリルは云った。

「はい、メリルの目を見てください」

云われた通り、隼平がメリルの紫水晶のような目に吸い込まれそうになったときだ。

「メリル忍法、神の眼！」

その瞬間、瞳に落雷のあったような衝撃に打たれ、隼平は時間が止まったような不思議な感覚を味わっていた。そんな隼平の目を覗き込みながらメリルが云う。

「ふうん、なるほど、レッドハート・ブレイブの団長さんには目をかけてもらってるんだね。それでエロ魔法のことがソニアちゃんにばれて、でも仲良しになったんだ」

メリルは満足そうに隼平の目を覗き込むのをやめた。すると止まっていた時間が動き出すような感覚があり、隼平はメリルを乱暴に押しのけた。

「魔法で記憶を読んだな！　それ犯罪だぞ！」

「まあまあ、メリルと隼平の仲じゃない」

「どんな仲だよ！」

隼平は全身で叫んだけれど、メリルはどこ吹く風といった様子だ。

「まったく、おまえってやつは……」

どうにか気持ちを落ち着けた隼平に、ふふふと笑ってメリルが訊ねてきた。

「それじゃあ隼平は、もうメリルのことをバッチリ信じてくれるんだね？」

「……ああ、信じる。おまえはめちゃくちゃなやつだけど、いいやつだ」

先日の電波ジャックと云い、今の記憶透視といい、手段を選ばずとんでもないことをしでかすきらいはあるが、メリルは基本的には善良な魔法使いだ。

隼平はそう信じ、メリルは嬉しげに咲った。

「ありがと、隼平。それじゃあメリルから隼平にオーダーだよ。指輪を使った探索は引き続きメリルがやっておくから、隼平はエロ魔法の練習をがんばってください」

「……それは、奴隷の刻印をなんとかする方法を見つけろってことか？」

「そうそう！　指輪と刻印からなる奴隷の魔法。それを隼平が使えるようになったら、あの子たちに刻まれた奴隷の印を消す方法がわかるかもしれないし、オリハルコンの指輪を再製造することで残りの指輪を全部見つけ出せるかもしれない！　夢と希望と可能性が一気に広がるんだよ！　だから隼平には期待してるメリル！」

そう語るメリルの表情は明るかったが、隼平の方は愁眉を作っている。

「それは俺も考えていた。だから奴隷魔法のことをソニアにそれとなく訊ねてみたんだが、怖い顔をして云われたよ。支配の魔法は、エロ魔法のなかでも最上位。ゆえに魔力を高め、ほかのエロ魔法をすべてマスターして初めて使えるようになるだろうって」

「うん、まあそうだよね。一朝一夕にはいかないよ。でも可能性はあるんだよね？」

そう訊ねてきたメリルの瞳は、隼平を試すようでもあり、挑むようでもあった。受けて立つとばかりに、隼平は力強くうなずいてみせた。

「ある。まあ見てろ。この夏はさすがに無理だが、卒業するまでにはなんとかしてやる」

「お、云ったね？」

「云ったよ」

自分が目標を高く大きく蹴り上げすぎている自覚はあった。本当ならエロ魔法の完全マスターには十年かかるかもしれない。二十年かかるかもしれない。だがそれでは遅すぎる。奴隷の印を刻まれた少女たちの、娘盛りが終わってしまう。彼女たちがまだ若く美しいうちに、奴隷の鎖を断ち切ってやらねば可哀想だ。

「それにこのくらいのことができなきゃ、卒業するまでにレッドハート・ブレイブのメンバーになるって云うソニアとの約束も果たせないからな」

隼平はそう云いながら、高台からの景色に目をやった。遠くまで行かねばならぬ。

と、そんな隼平を見上げてメリルが云った。

「隼平、変わったね」

「うん？」

「なんか明るくなったというか、前向きになったというか、おまえのおかげだよ」

「自分の魔法がわかったからな。そういう意味じゃ、おまえのおかげだよ」

そしてソニアと楓のおかげでもあったが、一番初めのきっかけを作ってくれたのはやはりメリルだ。メリルに出会わなければ、彼女が扉を開けてくれなければ、隼平は今も自分の魔法の正体がなんなのかわからず思い悩み、この夏を無為に過ごしていただろう。

「ありがとうよ、メリル」

「えいっ！」

礼を云ったその直後、隼平の視界がいきなり左に傾いた。メリルが隼平に足払いをかけたのだ。突然のことで、わけがわからないまますっ転びそうになった隼平を、メリルは掬い上げるようにして抱き上げた。そして。

「ちょわー！」

「おわー！」

メリルの奇妙な掛け声と隼平の悲鳴が尾を曳いて、二人は大空へ高く舞い上がった。これも忍法だろうか、メリルは隼平を抱えたまま数百メートルもの大ジャンプをし、やがて重力の手に捕まり、放物線を描いて、

「落ちる――」

「落ちないよ！　メリル忍法、觔斗雲！」

メリルがそう叫ぶや、落ちていく先に白い雲が生まれ、自分たちはそこに柔らかな着地を決めていた。

「ほい、到着」

メリルはそう云って、隼平をぞんざいに觔斗雲なる雲の上に放り出した。

隼平は不思議な感覚のする雲の大地に手をつき、膝をつき、しかし立ち上がれない。あまりのことに腰が抜けていた。それでいて心臓はばくばくと高鳴っている。辺りを見回せば空を流れる雲の上だ。どうやらこの雲は自分たちを乗せてゆっくりと進んでいる。

状況を理解し、だんだん落ち着いてきた隼平は、メリルに向かって叫んだ。

「なにするんだ、おまえ！」

「魔法学校の寮まで送っていってあげようと思って」

「急にやるな！　ちゃんと説明してからにしろ！　びっくりするだろ！」

　そう喚いた隼平は、生まれたばかりの仔馬のようなへっぴり腰で立ち上がると、自分たちを乗せている直径十メートルほどの雲の大地を頼りなさそうに見た。

「おい、この雲、大丈夫なんだろうな。すり抜けたら地面まで真っ逆さまだぞ？」

「大丈夫大丈夫、メリルの忍法を信じなさい。ニンニン」

　そう云いながら胸の前で適当な印相を結んでいるメリルを、隼平はしばらく睨んでいたが、やがて諦めてため息をつくとその場にあぐらを掻いた。

「おまえはこういうことを平気でやるやつだ」

「そうだよ。だってメリルはメリルだからね！」

　メリルはそう云いながら隼平に歩み寄ってきた。二人は東の空にかかる太陽に照らされながら、流れる雲に乗って空の大海をゆっくりと進んでいる。

「……ねえ隼平。隼平がメリルと初めて会ったときに着てた服、憶えてる？」

「……プリンセス・ドレス」

　それは忘れようとしても忘れられない記憶だ。あのとき魔法学校の物置の屋根に飛び移ったメリルを魔法で捕縛しようとしたのが、二人の出会いであったのだから。

「そういえばあのお姫様みたいなドレスには、どんな魔法効果があったんだ？　おまえは着る服で能力が変わるタイプの魔法使いだろう？　だったら、あのドレスは――」

「あれはね、自分の幸運を高める力があるの。着ているだけで善き出会いをもたらすって云う、運命干渉系の魔法効果ってところかな。まあ気休め程度の効果なんだけどね。指輪が発見できればいいなと思って着てたんだけど、なぜか隼平に襲われました」

「襲ったわけじゃないが……」

――運命だって？

その言葉にはロマンティックを掻き立てられ、隼平はちょっと笑った。

「ソニアから聞いたんだが、エロ魔法にもそういうのがあるらしいぞ」

「幸運をもたらすやつ？」

「そうだ。その名もエンブレイシング・ラブストーリー。運命に干渉して、美女とのエッチでラッキーな出会いをもたらす効果があるとかなんとか……」

その話を聞いたとき、隼平はお手上げだと思った。幸運などと云うものは、たとえいいことがあったにせよ、それが魔法の効果によるものなのかどうか、検証のしようがないからだ。ゆえにエンブレイシング・ラブストーリーに関しては忘れることにした。

「でももしかして、あのとき……」

隼平はメリルを捕まえようとして魔法を放った。それがエンブレイシング・ラブストーリーだったのではないか。と、想像力がそこまで飛躍したところで、隼平は苦笑した。

「いや、まさかな。考えすぎだ。運命って言葉にあてられたか……」

「ううん、そんなことないよ。隼平の魔法とメリルのドレスの相乗効果で、メリルたちは出会えたのかもしれないよ？　だってメリルが落っこちるなんておかしいもん」

　隼平はその可能性に胸を打たれた。もしそうだとしたら、人はそれをこう呼ぶのだ。

「運命の出会いだったね」

　まさにメリルとの出会いは、隼平の運命を劇的に変えてしまったのである。


　そのあと隼平はメリルに手を引かれて忍法で風に乗り、誰もいないところを見計らって学生寮の裏手にある駐車場に舞い降りた。ふわふわとした雲の上から一転、アスファルトの大地を踏みしめて圧倒的安心感を覚えている隼平にメリルが云う。

「それじゃあね、隼平。メリルは引き続き指輪を探しますので、エロ魔法がんばって！」

「ああ、がんばるけど、もう行っちまうのか？」

「うん。だって人が近づいてくる気配がするメリル」

「なに？」

　驚いた隼平の見ている前で、メリルはあらぬ方を指差した。

「一般人相手なら忍んでればいいけど、ここは魔法学生街だからね。魔法使い相手だと見破られるかもしれないので撤退します。それじゃあね、ばいばいメリル！」

メリルが笑顔で隼平に手を振るや、彼女の足元から小竜巻が枯れ葉とともに巻き起こった。その枯れ葉によってメリルの姿がたちまち覆い隠されていく。

「メリル忍法、木の葉隠れ！」

そして竜巻が消えて枯れ葉がはらはらと舞い落ちると、もうメリルの姿はなかった。

「行っちまいやがった……」

――でもあいつのことだから、そのうちまたひょっこり姿を現すだろ。

隼平はそう思うことで仄かな寂しさをまぎらわすと、メリルが指差していた方を見た。ちょうど学生寮の角から、黒髪を高く結い上げた一人の美女が姿を現したところだった。

「か、楓さん！」

「隼平か。ここでなにをしている？」

「いや、ちょっと一人で魔法の精神統一的な訓練を……楓さんは？」

「なにやら人の気配がしたのでな。不審者かと思って様子を見に来ただけだ」

それに隼平は冷やりとしたものを感じた。もしここでメリルと楓が遭遇していたら、いったいどうなっていたのだろう。楓は隼平の前まで歩いてくる途中で小腰を屈め、風に乗って足元を駆け抜けようとしていた枯れ葉の一枚を器用に摘んで拾った。

「夏なのに枯れ葉か……ここにもう一人、誰かがいたか？」

「い、いえ別に……」

「だが女の話し声のようなものが聞こえた」

そう踏み込まれて、隼平はまずいと思った。上手い云い訳が思いつかない。しかしまさか相手がメリルだとは思わなかったのか、厳しい顔をしていた楓はみるみる笑み崩れると冗談めかして云った。

「もしかしてソニアか？」

「えっ？」

「私はずっとおまえのことを気にしていた。時間のあるときにまた話でもと思ってな。そうしたら、噂を聞いたのだ。おまえたち、最近よく二人で一緒にいるらしいな。色んな人に見られているんだぞ。いつの間に仲良くなった？」

「げっ……」

あまりのことに隼平は取り繕うこともできず、ただただ絶句していた。少し考えれば予想できたはずなのに、隼平とソニアが親密になっていることが第三者に知られた場合、どういう云い訳を拵えるか、隼平とソニアとまったく話し合っていない。

――夏休みだと思って油断してた。まさか噂が立ってるとは。

「どうなんだ？」

楓の口調は穏やかだったが、咎めるような響きがあり、隼平はひとまず正直に云った。

「じ、実は……最近ちょっと、仲が良くて……」

「決闘したのに？」

「その決闘がきっかけで、打ち解けたんです」

「そうか、ぶつかりあって和解したか。それはいいことだな。いいことだが……」

楓は唇では笑っていた。だが目は叢雲に陰っている。それで隼平の方が気になってしまって、思わず前のめりになった。

「なんです？」

「いや、なんだろう。なにかこう、もやもやする。顧みれば、四月におまえが高等部に上がってきてから、私はずっとおまえのことを見て来たのに、私がちょっと忙しくしているあいだにどうしてソニアと仲良くなっているんだ？」

「それは……」

隼平はなにか云おうとして、しかしなにも云えなかった。エロ魔法のことはソニアとの秘密、そしてそのソニアにもメリルとの関係は話していない。それはそうせざるを得ない理由があるからだが、楓に対してはあまりにぞんざいではなかったか。

「そうだな、そうだよ……」

メリルやソニアと出会う前、落ちこぼれと呼ばれて腐っていた自分にたった一人、手を差し伸べて励ましてくれたのは楓だ。その楓に、自分はまだ礼を尽くしていない！

隼平がそこに心づいたとき、楓はふっと火の消えたようになった。

「いや、すまん。これは私の不明だな。滝にでも打たれて頭を冷やせば解決するだろう。

　おまえとソニアが仲良くなった。いいことじゃないか、うん」

「いや、よくないです。説明するので一回ソニアと相談させてください」

「えっ？　おい――」

戸惑う楓をよそに隼平は急いで携帯デバイスを取り出すとソニアに連絡をつけた。

そして一時間後、学生寮十九階にある隼平の部屋に、隼平および楓とソニアの三人が床に座ってローテーブルを囲んでいた。三人の前にはストローを挿したアイスコーヒーのグラスがある。これは先日、ソニアにお茶の一つも出せなかったことを反省した隼平が用意するようになったものだ。ちなみにコーヒー自体はペットボトルの安物である。

隼平は楓にコーヒーを勧めると、ソニアにこうなるまでの経緯を話して聞かせた。

「……というわけで、楓さんに全部説明しようと思う」

「あのことは、あなたとわたくしだけの秘密という話でしたが？」

「だけど楓さんは俺のことをずっと心配してくれていた。その楓さんにおろそかな対応はありえない。本当のことを全部話して、安心してもらいたいんだ」

そんな隼平の熱意に負けたか、ソニアがため息をついて楓を見ると、アイスコーヒーをちびちび飲んでいた楓はストローから口を離して云った。

「いったいなんの話をしている？『あのこと』とはなんだ？　核心に触れずにやりとりをしていることはわかるが、なにがなにやらさっぱりだ」

「そうですわね。結論から申し上げますと、隼平さんの魔法の正体が判明しましたの」

ソニアが自分からそう明かしたのを受けて、隼平はぱっと顔を輝かせた。

「ソニア！」

「……楓さんなら信用できます。他言はしないでしょう。でもすべてを教えるつもりはありません。だってこれはわたくしとあなたの、二人だけの秘密なのですから」

二人だけの、というところをやけに強調して云ったソニアは、そこでにんまり笑った。

「楓さんを納得させるのに必要なところだけ明かします。よろしくて？」

「うん、それでいいよ」

隼平が笑って頷くと、ソニアは「よろしい」と云って相槌を打ち、驚きに包まれている楓に顔を振り向け、隼平が転生体であること、そしてエロ魔法のことをとっくりと語って聞かせた。その一方で隼平の前世であるエロ魔法使いが魔王だったことや、指輪と刻印からなる奴隷魔法など、エロ魔法の危険な側面についてはまったく触れず、ただエロ魔法の卑猥さばかりを強調した。まるで隼平が楓に嫌われるのを期待するように。

「以上ですわ」

ソニアがそう話を結んだとき、隼平はすっかり青ざめていた。

――あれ？　楓さんに安心してもらおうと思って打ち明けたわけだけど、考えてみればエロ魔法はエロ魔法なわけで、もしかしてこれ、楓さんドン引きなんじゃないか？

果たして楓は、顔を真っ赤にして声をあげた。

「そんな破廉恥な魔法があるものか！」

「信じられないかもしれませんが本当です。お疑いになるのでしたらそれで結構。話はこれでおしまい。このこと、くれぐれも他言無用でお願いいたしますわ」

「いや、待て。エロ……いやいや、なんというか、名前を口にするのも憚られるな」

エロ魔法と口にすることすら恥ずかしがっている楓を、ソニアはちょっと笑った。

「でしたら、なにか別の呼び方を考えてみますか？」

それを傍で聞いていた隼平は、今こそエロ魔法などという恰好悪い名前から脱却するチヤンスが訪れたのだと思って胸をときめかした。だが、しかし。

「……いや、それはいかん。魔法は名前を変えると、術者のイメージがぶれて魔法の成功率に影響することがある。だから、わかった、もういい。エロ魔法だな！」

顔を赤らめつつも開き直ったらしい楓が、改名の機会を逸してがっかりしている隼平に眼差しを据えて云う。

「隼平、先日私に魔法を試したときのことを憶えているか？」

「も、もちろん。あのときは、楓さんの制服のブラウスのボタンが三つ飛んだ……」

隼平があのとき見たブラジャーの紫色を思い出していると、ソニアにぎろりと睨まれた。

「どういうことですの？」

「いや、実はあの日、メリルが学校に現れた日、楓さんに魔法を使ってみろと云われて試したんだよ。そうしたら楓さんのブラウスが裂けた……」

そう聞いたソニアは、怒りはせず、思案顔になって云った。

「それは恐らく女性を強制的に裸にする魔法『クロスブレイク』が不完全なかたちで発動していたのでしょう。楓さん、危なかったですわね」

「う……」

一歩間違えば裸に剥かれていたのだと理解した楓が、怯んだような顔をした。だがそれも一瞬のことだ。楓はすぐに顔つきを改めて云う。

「なるほど、あれはそういうことだったのか。だがまだ信じられない。隼平、私に一つエロ魔法を使ってみろ。そうだな、オーバーフィーリングとやらでいいぞ」

「えっ？　いや、それは——」

「すまないが私は頑固でな。そんな魔法があるなどと、この身を以て確かめるまでは信じられないんだ。なに、遠慮はいらない。自分で云うのもなんだが私は私なりに体も心も鍛えてきたつもりだ。エロ魔法なんて破廉恥魔法には絶対負けたりしない！」

そう気炎をあげる楓を隼平は茫然と見つめていた。楓の性格上、これはもうオーバーフィーリングをかけねば納得しないだろう。ただこれはいつかどこかで見た展開である。そう思ってソニアを見ると、ソニアは一つ小さなため息をついて楓に云った。

「どうなっても知りませんわよ」

……。

その後、オーバーフィーリングを受けてとんでもない痴態を演じてしまった楓は、ソニアによってきぱきと風呂に入れられ、ソニアはそのあいだに楓から彼女の部屋の鍵を借り受けて着替えを取りに走っていた。そして隼平は、ソニアに「やりすぎですわ！」と雷を落とされ、部屋の前の共用廊下で正座させられていた。

——なんでだろう。俺の部屋なんだけどな。

隼平が部屋に入ってもいいと云われたのは、それから三十分も経ってからのことである。

部屋着だという黒のジャージ姿になっていた楓は、まだ乾き切っていない髪を結わずに下ろしていた。

——うお。髪を下ろしてるだけで雰囲気が変わったな。別人みたいだ。

シャンプーの香りに鼻をくすぐられた隼平がどぎまぎしていると、ジャージと云うこともあっておおらかに胡坐を掻いている楓が云った。

「まあそこに座れ、隼平。それとさっき見たことは忘れろ」

「はい」

隼平は云われた通りにすると、ソニアにも目顔で軽く一礼し、手つかずだったアイスコーヒーを一口飲んだ。それを待って楓が云う。

「エロ魔法が本当だと云うのはわかった。そしてこれは完全に制御できるようにならないと危険なのも理解した。そのためにソニアが一肌脱ぐのも、エロ魔法をエロ魔法とばれないように使いこなしておまえが魔法使いとしてトップを目指すのも賛成だ」

「楓さん……！」

隼平は膝の上で小さくガッツポーズを作っていた。楓に認められたのが嬉しかった。

「俺、がんばります」

「ああ、がんばれ。だがエロ魔法の訓練には私も参加する」

えっ、と驚きの声を発したのは隼平だが、ソニアもまた目を丸くしている。

「楓さん、それはどういうことですの？」

「いや、だってこの魔法、破廉恥だろう。二人きりにして間違いを起こしたらどうするんだ？　いかん、それはいかん。これからは、エロ魔法の訓練には都合のつく限り私も立ち会うことにする。三人でやろう」

するとソニアがすっくりと立ち上がり、楓を見下ろして云った。

「お言葉ですが楓さん、これは勇者の末裔であるわたくしの使命ですわ」

「勇者？　勇者とエロ魔法となんの関係がある？」

楓への説明では、隼平の前世は無名のエロ魔法使いということになっており、勇者や魔王のことは伏せてあった。だがソニアは、その返しにもまったく動揺しなかった。

「勇者たる者の覚悟で臨んでいるという意味です！　これはわたくし一人が負う使命、あなたまでこの魔法の犠牲になることはありません。わたくし一人でよいのです！」

「そうか。だが私は、犠牲などとは思わない。隼平の役に立つなら嬉しいぞ」

そこで言葉を切った楓は、ソニアから隼平に視線を移すと晴れやかに云った。

「だって私は、隼平のことが好きだからな」

それはまさに爆弾発言だった。

「……え？」

隼平は今の言葉を聞いて、一気に動揺してきた。心臓は高鳴るくせに、指先は冷えていく。一方、ソニアも口をぽかんと開けたまま慌てふためきだした。

「ちょ、ちょっとお待ちになって。わたくしの翻訳魔法によるアシストでは真意を測りかねるのですが、その『好き』は日本語としてどういう意味の『好き』ですの？」

ソニアがそう真っ向から切り込んでいくので、隼平の心臓も跳ね上がった。果たして楓は隼平を一瞥すると、またソニアに目を戻して云った。

「……まだよくわからない。だが四月に隼平と知り合ってから、ずっとどうにかしてやりたいと思っていたし、エロ魔法のことを聞いた今でも、隼平のために一肌脱いでやることについて躊躇はない。これは好きだということだろう。うん、好きだ」

早口でそう話しているうちに、楓はどんどん頬を紅潮させていったが、ソニアがさらなる問いを射掛ける前に、逆に切り込んだ。

「おまえこそ、どうなんだ。犠牲という言葉を使ったな。ならば本心は厭なのか？　使命というだけで、無理してやっているのか？」

「そ、それは……」

ソニアは青い瞳で隼平を見た。波のように寄せては返す彼女の感情が、不意の荒波となって自分を砕こうとしても文句は云えない。隼平はそう思って覚悟したが、しかし。

「最初はそのつもりでしたわ。でもなぜでしょう、今は、不思議と厭ではありません」

「ソニア……」

安堵と喜びが胸に咲き出し、また命を共有する魔法をかけられたときのキスの感触が唇に熱く蘇って、隼平のソニアを見る目が情熱的になった。

「……ありがとう。嫌われていなくて、とても嬉しい」

「な――」

ソニアは吐胸を衝かれてよろめき、ベッドに脚を引っかけて座り込んだが、そのまま脚を高く組んで優雅な手つきで前髪を整えると云った。

「ま、まあ最初は可愛くないと思った犬でも、飼ってみれば愛着が湧くものですから」

「犬扱いかよ！」

「そうですわ、犬ですわ。まったく、わたくしとしたことが……ほほほ。ほほほほほ！」

冷房は利いているはずだったが、ソニアは手で自分の顔を扇いでいる。

そんなソニアを見て、楓が微笑んだ。

「そうか、わかった。では私の勝ちだな」

「あなたの勝ち？　それはどういう意味ですの？」

「私は隼平を好きだとはっきり云ったが、おまえは云わない。ならば私がエロ魔法の訓練に参加したところで文句はあるまい。あるなら、これこれこういう理由で二人きりで訓練したいのだと云ってみろ。たとえば、ほかの女が隼平に近づくのは面白くないとか」

「べ、別にそんなこと、ありませんわ！」

「じゃあいいんだな？」

「ぐぬぬ……」

ソニアは歯ぎしりをすると、強烈なサファイアブルーの瞳で隼平を睨んできた。

「隼平さん！　あなたの意見は？」

「えっ、俺？」

「そうですわ。あなたの魔法のことなんですから、あなたが決めなさい。これまで通りわたくしと二人きりでエロ魔法の訓練に励むか、楓さんも迎え入れるか、どっちですの？」

そう答えを迫られ、隼平は固唾を呑むと恐る恐る云った。

「さ、三人がいいかな。楓さんに手伝ってもらっても別に悪いことはないと思うし」

かくして天秤は決定的に傾いた。ソニアと楓の問答でも、多数決においても、三人と決まったのだ。楓が満足そうに頷きながら笑う。

「聞いたか、ソニア？」

「……ええ、しかと聞きましたわ」

ソニアはゆらりと立ち上がると、豊かな胸を下から支えるように腕組みし、隼平を冷たい目で見下ろしてきた。

「ああ、そうですの。よーくわかりましたわ。隼平さんの——えろえろえろえろ、エロ太郎！　あなたは今日からエロ太郎ですわ！」

「変な徒名つけるのやめてくれよ。だいたい、なんでそんなに怒るんだ？　楓さんに協力してもらってなにがいけない？」

「それは、その……」

ソニアは口ごもり、わななき、それから満面に朱を注いで叫ぶ。

「認められませんわ！」

◇

エロ魔法の訓練に楓も加わるようになり、夏休みは一日、また一日と過ぎていった。

そんなある日のこと、楓は奥村教諭やほかの教師たちとともに近藤教諭の見舞いに行った。本当ならレッドハート・ブレイブ全員で行くところだが、あまり大勢で病室に押しかけても迷惑になるので、楓と三年男子の二人が生徒代表ということになったのだ。

そういうわけで今、隼平は久しぶりにソニアと二人きりだった。場所は冷房の利いた隼平の部屋である。互いに正座して向かい合うと、ソニアが口を切った。

「今日の訓練を始める前に、相談がありますわ」

「相談？」

「ええ、今日は楓さんもいませんし、この機会に、ごごご、ゴッドハンドを試してみようと思うのですが、これはちょっと、あのその……」

と、ソニアが赤面しながら口ごもる。その理由は、隼平にもすぐに察しがついた。

「ゴッドハンドと云うと……触れた乳房やお尻の大きさを自由自在に変化させると云う、あのゴッドハンドか！」

「そ、その通りですわ！」

そう肯んじたソニアの顔には、しかし臆した色があった。心なしか腰もちょっと引けている。隼平もまたこの難事業を前にして一言もなく手をつかねていたのだが、沈黙が長引きかけたところで、気まずいと思って挙手をした。

「はい、質問」

「どうぞ」と、ソニアもほっとしたように発言を許す。

　隼平は心して口を切った。

「そのゴッドハンドを試してみる場合、俺はソニア先輩の体に触ってもいいということなんでしょうか？」

「駄目に決まっていますわ！」

　と、凄まじい剣幕で一喝してきたソニアだったけれど、次の瞬間、急にしおらしくなって目を伏せ、ぽつぽつと話し出した。

「……と、云いたいところですけれど、わたくしにはちょっとした悩みがありまして」

「悩み？」

　隼平がそう繰り返すと、ソニアが目を上げて云う。

「隼平さんは、わたくしのお胸をどう思いまして？」

「でかい」

　そう正直に云っただけなのに、切りつけるような目で睨まれた。が、彼女はすぐに目つきを和らげるとほうとため息をつく。

「わたくしは、個人的に少し大きすぎるような気がいたしますの。はっきり云うと運動の邪魔なのです。なのでできれば小さくなってくれないかと思っていますの。もちろん体にメスを入れてまでとは思いませんけれど、あなたの魔法で楽々とそれが叶うなら……」

「よし、やろう！」

隼平は顔を輝かせて勢いよく立ち上がった。立ち上がってどうするというのでもないが、じっとしてはいられなかった。そんな隼平を胡乱げに見てソニアが云う。

「どうして急にそんなやる気満々ですの？」

「いや、これは避けては通れない道だよ。だいたいゴッドハンドってただ体に触るだけじゃないか。エロ魔法って、それよりもっと際どくて危ない魔法がいっぱいあるんだろ？」

「それは、ええ、まあ……というか、本当にエロ魔法ですわ！」

「だったらゴッドハンドくらいで怖じけてる場合じゃない。やるしかない」

そう熱く語る隼平を怪しげに見ていたソニアであるが、やがてため息をつくと云った。

「まあ、そうですわね。それにわたくしも、楓さんには負けたくありませんから」

「楓さんに？」

「そうですわ。この数日、楓さんのなさりようを間近で見てきて思いましたの。あの人はあなたにとても優しく献身的で、でもわたくしは、そんな彼女に負けたくない。勇者の末裔として、ゴッドハンドのお相手くらい、完璧に務めてみせますわ！」

　そう云って、ソニアもまたすっくりと立ち上がり、隼平と胸を突き合わせた。

「ゴッドハンドですが、これは対象の肉体に直接触れる必要があります。服の上からでは効果がありません」

「マジで？」

「はい。ですので、あなたにはこれから目隠しをしていただきますわ」

　そうにっこり笑って云われた一分後、隼平はアイマスクをつけた姿で正座させられていた。これはソニアがあらかじめドラッグストアで購めてきたものだ。

「これでいいですわ」

　正座している隼平の後ろに回り、自ら隼平にしっかり目隠しをしたソニアが、歌うような声でそう云った。隼平はアイマスクをつけられた時点で眼球を守ろうという反射によって目を閉じていたが、ためしに目を開けてみるとなにも見えない。

「とほほ」

「なにか云いまして？」

「いや、なんにも」

　隼平がそうとぼけると、ソニアはなにも云わず、ただ足音だけが聞こえた。どうやらソニアが隼平の前に回り込んだようだった。

「いかに魔法の訓練とはいえ、いたずらに乙女の肌を晒すわけにはまいりません。それに五感の一つを封じ、魔法を扱う第六感を高めるのは、魔法使いの伝統的な訓練方法ですわ」

「はいはい」

「云っておきますけれど、わたくしが『いい』と云う前にそのアイマスクを外したら……」

「わかってるよ。俺も命は惜しいからな」

少しがっかりしたことは否めないが、尋常に考えて恋人でもない男に裸を見せてくれるわけがないのだ。そして体に触れさせるのはあくまで魔法の訓練である。

「結構。ではしばらくそのままで待っていなさい」

するとまた足音がした。音の方向と距離、家具の配置を照らし合わせて考えると、どうやらベッドの方へ行ったらしい。そこで衣擦れの音がした。目隠しをされている分、その音がやけに生々しく聞こえ、隼平は急にふるえそうになった。

「……あのさ」

「なんですの？」

「一つ訊くけど、マジで脱いでるの？」

そのまま五秒待っても、返事はない。

「聞いてる？」

「き、聞いてますわ」

「脱いでる……の？」

「ぬ、脱いでますわ。上半身だけ！　し、仕方ありませんでしょう、そういう魔法なんですから！　この無駄に巨きな贅肉を、ほんのちょっと触るだけで小ぶりにしていただけるのでしたら、わたくしは、わたくしは……てやあっ！」

いきなり裂帛の気合いのこもった声がし、正座していた隼平は思わず腰を浮かせた。

――てやあって、今なにをした？　なにをしたの？　外したの？　ぶるるんってこと？

想像するだけで、膝の上で握りしめている両手が汗ばんでくる。

「き、緊張してきた」

「あなたが緊張してどうするんですの！　緊張しているのはわたくしの方ですわ！」

そう荒っぽい声を出したことで、勇気を得たのか破れかぶれになったのか、ソニアは乱暴な足取りで隼平の前までやってきた。かと思うと、膝になにかが触れて隼平は身構えた。

「さて、見えていないでしょうから説明しますと、わたくしは今、あなたのすぐ目の前に正座しています。文字通り、膝と膝を突き合わせた状態ですわ」

「なるほど、この膝にあたってるのはおまえの膝頭か。近いな」

「そうでないと、あなたの手が届きませんでしょう。説明終わり。ではどうぞ」

隼平はボールが自分に投げられたのを感じた。今度は隼平の手番ということだ。やるべきことは決まっている。腕を持ち上げ、手を前に伸ばして、触る。

——触る？　触っていいの？　いや、そういう魔法だし、いいんだよな。魔法？　この状況で集中して魔力を高める？　できるの？

隼平は頭のなかで目まぐるしく自問自答を繰り返しながら、まるで炎のなかへ手を突っ込むような恐れを懐いて、そうっと腕を前に持っていった。

そこでふとした思いつきがあり、手を止めてソニアに訊く。

「なあ、ふと思ったんだけどさ、ここでオーバーフィーリングとか使ったらどうする？」

「殺します」

本気の冷たい声で云われて、隼平はちょっと冷や水を浴びせられた思いがした。

「だよね。云ってみただけ、云ってみただけ」

隼平はそう云ってちょっとした悪戯心を忘れると、止めていた手をふたたび前に向かって動かし始めた。

「じゃあ、触るよ？」

「……はい」

　ソニアがそう返事をした次の瞬間、隼平は手が人肌に触れるのを感じた。しかもそれが想像を超えて動く。沈む。

「ええっ！」

　思わず、そんな驚きの声が出た。

「なにこれ！　柔らかい！　すげえ！」

「ちょ……声が大きいですわ！」

「いや、だって、肉がぐにぐに動くよ！」

　個人差はあるのだろうが、女の体がこれほど柔らかいとは知らなかった。想像を超えた世界がそこにはあった。

「た、ただ触っていないで、早く魔法を――」

「魔法どころじゃない！　俺は今、感動している！」

「か、感動？　わたくしの体に触って感動しているんですの？」

「ああ。男は初めて女の子の体に触ったとき、きっと誰もが感動するんだと思う」

「い、云っていることはよくわかりませんが、真剣なのは伝わりましたわ」

　そのときソニアの体から力が抜けた。今まで身を竦め、微妙に抵抗していたのが、柔ら

かく受け容れるような感じになったのだ。それでまた新たな発見があった。これは
「ん？　柔らかいだけじゃないな。この掌に当たる、なんかコリコリしたの。これは……」

ひきっ、とソニアが引きつった声をあげたと思った、次の瞬間だ。

「実況禁止！」

いきなり顎に衝撃を感じ――きっと殴られたのだろうと思ったときには、隼平の意識はすでに闇に沈んでいた。

……。

いったい、どれくらいのあいだ気絶していたのだろうか。目を醒ましたとき、既にアイマスクは外されており、隼平はベッドに寝かされていた。それを赤い顔をしているソニアが腕組みして見下ろしている。無論のこと、衣服はもう身に着けていた。

「……服、着たんだな」

「ええ。どうやらまだゴッドハンドは早かったようですわ。あなたにとっても、わたくしにとっても」

そう云ってソニアはいっそう顔を赤らめると、つんとそっぽを向いた。

「だいたいあなた、触っているだけで魔法を使おうともしていなかったでしょう。魔力の

高まりも、魔法をなそうとする集中も、なにも感じられませんでしたわ」

「それは……」

触った瞬間、理性が飛んでしまったのである。

――集中とか、できるわけないんだよな。

と、そんな隼平の心の声を聞いたかのようにソニアが云う。

「そういうことですから、まだ早いと云っているんですの。わたくしはもう引き上げます。今日のことは、夢と思って忘れなさい。楓さんにも絶対内緒ですわよ？」

ソニアはそう云うと回れ右して玄関の方へ向かった。隼平はベッドの上で身を起こしてソニアを視線で追いかけたが、靴を履くソニアを引き止める言葉は持たなかった。

「それではごきげんよう」

それを最後にソニアは隼平の部屋から出ていった。

一人になった隼平は、ふたたび枕に頭をつけると天井をぼんやりと見上げた。

「忘れろったって、忘れられるわけがない」

生まれて初めて触れた女の肌の滑らかさ、柔らかさ、ぬくもり、そして感動を、実際に隼平はその後もずっと憶えていた。人生にいくつかある、鮮やかな記憶の一ページとして。

第六話 乙女心

八月下旬、隼平たち三人は学生寮から少し離れた公園に来ていた。公園の一隅には小さな野外ステージがある。先日、巫女装束のメリルから多くの話を聞かせてもらったその場所で、隼平はソニアと対峙しており、楓はそんな二人を遠巻きに見守っていた。

今日はエロ魔法の訓練ではない。魔法使いに必要な基礎トレーニングとしてロードワークの途中でここに立ち寄り、ステージが空いていたのをいいことに、そこでソニアと楓から交代で格闘の手ほどきを受けている。

「卑猥な魔法の訓練ばかりしていたら精神が腐ってしまいますわ」

「うむ。たまにはエロ魔法のことなど忘れて、爽やかな汗を流すべきだな」

というのが、ソニアと楓の提案であった。隼平もそれを受け容れ、そして今、ソニアにこてんぱんにされている。ソニアには感謝しかなかったから、隼平としては別に腹も立たない。しかし楓はそんなソニアのやりように眉をひそめていた。

「ソニア、もう少し手加減をしないか」

「わたくし、手加減はできませんの。楓さんこそ、隼平さんに甘すぎませんこと？」

「怪我をさせたら元も子もないだろうに。もういいから、私に代われ」

そこで組手稽古の相手が楓に代わったが、隼平に云わせれば楓の方がよほど鬼であった。

そんな楓の鬼稽古からやっと解放されたとき、時刻は午後五時になんなんとしていた。

「もうこんな時間か」

楓は腕時計を一瞥すると、一人ステージから飛び降りて隼平たちを振り仰いだ。

「いったん解散にしよう。私は寮に戻ってシャワーを浴びる。おまえたちは？」

「わたくしと隼平さんはもう少しここにいますわ。風が出てきて涼しいですし」

隼平がなにを云うよりも早く、ソニアがそう答えていた。楓は相槌を打つと云った。

「よし。じゃあ十八時三十分に寮のエントランスに集合だ。今日は焼肉だぞ！」

この数日、楓は毎日隼平とソニアに夕食をごちそうしてくれていた。連れていかれるのが焼肉、ラーメン、牛丼、天ぷら、とんかつ屋といった店ばかりだったのは御愛嬌である。

「では、またあとでな！」

そうして颯爽と歩き去っていく楓の後ろ姿を見送りながら、ソニアは夕風に乱れる髪を片手でそっと押さえて、楽しそうに含み笑いをした。

「楓さんは、隼平さんが素直に夕食をごちそうされるようになって嬉しいんですのよ。あなた以前は、楓さんが食事に誘(さそ)っても断っていたそうじゃないですの」

「……なんとなく、世話になるのが心苦しくて」

だが今はもう、その苦しみからは自由になっていた。きっと与(あた)えられたものを返せるだけの道筋がついたからではないだろうかと、隼平は思っている。

やがて楓の姿が見えなくなると、ソニアはステージの上から西の空を見て目を細めた。

「だんだん日が落ちるのが早くなってきて、気がつけば夏休みももう終わりですわね」

「ああ」

振り返ればソニアと過ごした夏であった。そこに楓が加わり、三人で魔法使いの階段を上っていった日々はとても楽しく、ある意味で冒険(ぼうけん)に満ちていて刺激的(しげきてき)だった。

「……夏休みが終わっても、またこうして俺の訓練に付き合ってくれるかい？」

「もちろんですわ。あなたを教導するのが、当代勇者としてのわたくしの使命ですから」

「ははっ、使命か――」

ソニアは相変わらず使命という言葉を好んで使う。先日の楓との問答など忘れたかのように。それが隼平にはほろ苦かったし、彼女(かのじょ)の素直な言葉を聞きたいと思った。

「楓さんは、俺のこと好きだってさ」

「……そういえば、そんなこと云ってましたわね」

「おまえは？　俺のこと好き？」

もっと遠回しに訊ねるはずが、心臓を突き刺すような単刀直入になってしまって、隼平は自分で自分にびっくりした。ソニアもまた驚きに息を呑み、その顔がみるみる赤くなっていく。隼平はそれを、怒りの赤だと思った。そして『勘違いしない、調子に乗らない、あなたのことは犬だと云ったはずですわ！』と一喝されるのだと思って身構えた。

しかし、そんな隼平の予想を裏切って、ソニアは軽やかにステージから飛び降りた。

「さ、帰りますわよ」

「えっ？　あの、ソニア？」

「帰りますわよ？」

そう切り口上で繰り返され、隼平はソニアに答える気がないのだと悟って寂しくなった。

「……いや、俺はもうちょっとここで風に吹かれてるよ」

「そうですか。ではお先に」

ソニアはそう云うと顔を前に向け、背筋を伸ばして歩き出した。後ろ姿も美しかった。

「……結局、ソニアは俺のことどう思ってるんだろうな」

「気になるなら今からでも追いかけたら？」

「うん。でも今、それよりもっと気になることができた」

「それってメリルのこと？」

「そうだ。エロ魔法の訓練は順調なのに、メリルのやつ、あれっきり一度も姿を見せやしない。今ごろどこでどうしてるのかなって、ずっと思ってたんだよ！」

隼平がそう叫びながら振り返ると、そこにプリンセス・ドレス姿のメリルが立っていた。

「メリル！」

「やほー、久しぶり。隼平、元気だった？」

そう云ってウインクし、投げキッスを寄越すメリルを見て、隼平は微苦笑を浮かべた。

「それで、その後どうだ？　俺は自分の魔法をコントロールできるようになってきたぜ」

「うんうん、それは偉いね。花丸あげるよ。でもメリルだって今日まで遊んでたわけじゃないんだよ？　とりあえず指輪の持ち主は目星がついたかな」

そう聞いて隼平の目色が真剣なものになった。

あの日、あの公園にいたのは警察官、魔導機動隊、レッドハート・ブレイブ、マスコミと野次馬と云ったところである。だが指輪の反応は学校からあったから、メリルはレッドハート・ブレイブの関係者を疑った。もしもそうなら、もしも近藤教諭を病院送りにしたのが魔法学校の仲間だったとしたら……隼平は手に汗を握りながら思い切って訊ねた。

「それは誰だ？」

「まだ秘密。だって隼平、演技下手そうだもん」

「は？　なんでだよ！　というか演技って、なんの話だ？」

拍子抜けしながらもそう捲し立てた隼平に、メリルはのほほんと語る。

「あのね、メリル指輪の持ち主さんを特定したから強襲しようかなって思ったけど、その一人を潰して解決するかどうかはまだわからないの。ほかに仲間がいるかもしれない。隼平の学校の先生を病院送りにした真犯人とかね。なので背後関係とか、隠してるものとか、全部吐かせたいのね。それで隼平には、ちょっと警察に逮捕されてほしいメリル」

「いきなりなにを云ってるんだ、おまえは？」

――俺が警察に逮捕だって？

「ありえねえだろ」

「うん。それで逮捕されたら隼平は警察に色々話を訊かれることになると思うけど――」

「いや、待て。なんで俺が逮捕される前提で話をしてるんだ？」

「訊かれたことにはなるべく正直に答えるといいと思うよ。前世のことやエロ魔法のことは内緒でいいけど、メリルのことや支配の魔法については喋っちゃって。そうすれば警察内部に潜んでる指輪の持ち主さんが隼平に対してアクションを起こすはずだからね」

それでメリルの意図を理解した隼平は、喉元まで来ていた怒鳴り声が溶けてなくなっていくのを感じた。

「それはつまり、指輪の持ち主は魔法学校の人じゃなくて警察の人間で、俺を囮にすることでそいつとその仲間を炙り出そうってことか？」

「そういうことメリル。メリルが指輪の持ち主と睨んだ人物に、仲間がいるのかいないのか、個人なのか組織なのかを、隼平を餌にすることで見極めたいのです」

そう聞くと隼平は大いに唸って目を伏せた。

「理屈はわかった。でもそれは、囮捜査ってやつなんじゃ……？」

「そうだよ。でも危なくなったらメリルが助けてあげるから大丈夫！　安心だね！」

「いや、全然安心できない。おまえの計画って基本的に杜撰じゃん。現時点でまんまと濡れ衣なんか着せられちゃってるしさ」

「それはしょうがないよ。完璧なんてできないもん。でも善処する」

そう云われても隼平の不安は晴れなかった。だが虎穴に入らずんば虎子を得ず、ここで臆病風に吹かれるような男が、レッドハートを持つ立派な魔法使いになれるだろうか？

「……わかった。悪党を野放しにはできないからな。おまえを信じて、やってやる！」

するとメリルは咲き出すような笑みを浮かべて、嬉しそうな足取りで隼平に近づいてきた。それが肉薄する距離にまで迫ってきたので、隼平は思わずたじろいだ。

「お、おい。なんだ？」

「ふふっ、ありがと、隼平。あとはどうやって隼平を刑務所に入れようかって話なんだけど、このタイミングで目撃されちゃったので、このプランで行くメリル」

「目撃？　目撃って、誰が……」

「はい、それじゃあ、ちゅー」

　メリルはそう云って、意外に強い力で隼平の胸倉を掴んで引っ張った。隼平の方が上背があるため、メリルに正面から引っ張られたことで、背中を丸めざるをえない。そしてお互いの顔が近づき、メリルの紫色の瞳が濡れたような光りを放つ。

　——ちゅー？

　と、思った瞬間、メリルの唇が隼平の唇を塞いだ。つまりこれは接吻だった。人生で二度目のキス、二人目の女の子とのキスだった。

　唇が離れたとき、隼平はあまりのことに茫然としてしまって声もない。そんな隼平を見上げて、右手を離したメリルがその手でVサインをつくる。

「んふ、キスしちゃったね。ちなみにこれ、メリルのファーストキスだから」

　そう云われて、やっと隼平の頭がまともに回り出した。

「いや、待てよ。いったい、なんの、つもりだ……？」

心臓が早鐘を打ち、耳まで真っ赤にした隼平がそう訊ねた、まさにそのときだった。

「隼平さん」

その声を聴いた瞬間、隼平は刃物を喉元に擬せられたがごとくに凍りついた。そしてぎこちない動きで首を巡らせば、いつの間にそこにいたのだろう、ステージの下からソニアが死んだ魚の目をしてこちらを見上げているではないか。

「ソニア……なんでここに？　先に帰ったんじゃなかったのか？」

「ちょっと話したいことがありまして、戻ってまいりましたの。そうしたら、これはいったい、どういうことですの？　今、あなたと口づけをしていたそこの女は、過日わたくしたちの学校に侵入し、近藤先生を傷つけたあのメリルではありませんか！」

◇

ここで時間は少し巻き戻る。隼平と別れて小さなステージを離れ、公園を出たソニアは、夕空の下を寮に向かって早足で進んでいた。感情が乱れていて、落ち着いてゆっくりとは歩けない。頭のなかで反響を繰り返しているのは、先ほどの隼平の言葉だった。

——楓さんは、俺のこと好きだってさ。おまえは？　俺のこと好き？

「なんということを、訊くんですの……！」

歩きながら、思わずそんな声が出た。というのも、ソニアは勇者の末裔としての使命感から隼平を教導するために師弟関係を結んだのであり、一人の女として隼平のことをどう想っているのかについては、考えたことがない。正確には、考えないようにしていた。

しかしいざ隼平に胸の裡を問われてみると、なぜか一気に心が乱れて、今こうして隼平から逃げるように歩を進めているのだ。

「なぜ？　なぜなんですの？　どうしてわたくし、こんなにも落ち着かなくなっているのかしら？　もしかしてわたくし、隼平さんのことが……いえ、いえいえいえ！　ありえませんわ、そんなこと！　だってわたくし、彼のことを好きになる理由がない……」

しかし『これこれこういう理由で、あなたのことが好きになったのです』と理屈や注釈をつけられるものばかりが恋ではないはずだ。

「ま、まさか、わたくし、本当に……」

——隼平さんのことが好きなの？

「ああ、もう！　そんなことあるはずありませんわ！」

ソニアはそう叫ぶと、自分がまだ恋に落ちていない証拠を探して、ひた歩み続けた。

——真面目に考えましょう。

目下のところ、隼平は非常に優秀な生徒である。今まで落ちこぼれ扱いされてきたのは彼が自身の魔法適性を知らなかったがゆえであり、エロ魔法使いだとはっきりした今では恐るべき速度で新しい魔法を覚えていくのだ。たとえばオーバーフィーリングにしたところで、隼平はかなり手こずったと思っているようだが、実際は違う。

――隼平さんは気づいていないようですが、オーバーフィーリングを習得するには一年かかるはずでしたわ。それがまさか、一週間もかからないなんて！　これは一から魔法を覚えているというより、既に覚えていながら転生したことで忘れてしまった魔法を思い出していると考えるのが妥当ですわね。記憶や能力の完全な継承には失敗したようですけれど、それらは失われたわけではなく、彼の内部で眠った状態にあるのですわ。

そして隼平は今、それらを凄まじい勢いで取り戻しているのだ。

――このペースですと、わたくしの予想したよりずっと早い段階で、あんな魔法やこんな魔法に取り組むことになりますわ！

そう遠くない未来に我が身を捧げることになる上位エロ魔法のことを思うと、ソニアの足が止まった。寮に帰る足を止めたのではない。未来へ進む足を止めたのだ。

――なんということでしょう！　覚悟はできていたと思っていたのに、なんと未熟なわたくし！　ああ、でも、ただでさえ契約のためにキスをして、スカートをめくられたり、裸に剥かれたり、目隠しをさせたとはいえ、お胸を触らせたりしてしまったのですわ！

エロ魔法の習得が進めば、それ以上の行為に及ばねばならない日がやってくる。だが果たして自分にそれができるか？　できたとして、家族に、世間に、そして未来の夫になんと云い訳をしよう？

——未来の旦那様は、隼平さんとあんなことやこんなことをしてしまったわたくしのことをどう思うかしら？　やっぱり厭じゃないかしら……ん？　未来の旦那様？

このときソニアは、大きな希望とともに閃いた。

「そうですわ！　隼平さんと結婚すればいいのですわ！」

あまりに素晴らしい思いつきだったから、ソニアはそう声をあげてしまっていた。

「隼平さんと結婚すれば、彼とキスしたこともお胸を触らせたことも問題ではなくなりますし、今後過激なエロ魔法に踏み込んでいったとしても責任を取ってもらえばいいのですから万事解決。そして夫婦になれば、彼が道を踏み外さないように監督していくという勇者の使命にも適いますわ。なんということでしょう、完璧ではないですの！」

そしてその完璧な道筋を見出した今なら、はっきりわかる。心から云える。自分が隼平のことをどう想っているのか。

——わたくしは、いいえ、これは隼平さんに直接云いましょう。大切な気持ちですもの。

そうと決まれば善は急げ、ソニアは目をきらきら輝かせながら回れ右して、公園への道を取って返した。隼平が寮に帰ってくるのなど待ってはいられない。今すぐ彼に会って、将来を約束してもらうのだ。そう思って、夢を描いて、ソニアは羽ばたいていった。

そしてその先で彼女は見た。ステージの上で、見知らぬ銀髪の少女と口づけをする隼平を。しかもよく見れば、その銀髪の少女はメリルだったのだ。

ソニアはまるで怒りを散らすように長い息を吐くと、目に角を立てて隼平を睨んできた。

「もう一度問いましょう。これは、いったい、どういうことですの？」

「いや、その……」

隼平は喉が引きつって声が出なかった。どんな云い訳を拵えたものか、云い訳するのが正しいことなのか、混乱している隼平に、メリルがいきなり寄り添ってきて朗々と云う。

「わあ、見つかっちゃった。ばれちゃったら仕方ないね。実は隼平はメリルの協力者でーす。そしてメリルの彼氏でーす！　彼氏いない歴年齢だったメリルの初めての人だよ！」

「うえっ？」

と、隼平が戸惑いの声をあげるのと、ソニアが殺意に塗れるのは同時だった。

「有罪」

そう断じられ、凍りついている隼平の前で、ソニアは稲妻のような激しさと輝きを放ちながら云う。

「わたくしは云ったはずですわ。あなたを殺さない代わりに清く正しくまっとうに生きてもらうと。それを事もあろうに、悪しき魔女の色香に惑わされていたなど……言語道断！」

ソニアは感情の昂ぶるまま、右腕を高く掲げて雄々しく叫ぶ。

「我が剣よ、我が鎧よ、我が盾よ！　勇者の名において、光りの玉座より来たれ！」

次の瞬間、雷の鳴ったような轟音がし、夕空にいつか見た剣と鎧と盾が現れた。

「あれは……！」

空に浮かぶ武具一式を見上げる隼平の視線の先で、鎧がはじけ飛んだ。ばらばらになった甲冑の各パーツがひとりでにソニア目掛けて飛び交い、彼女を一瞬で武装させる。

そして青き鎧と盾を身に着け、右手に光り輝く聖剣オーロラスパークを握ったソニアを見て、隼平は目を見開きながら一歩後ろへしりぞいた。

「完全武装とかやめろよ！」

「お黙りなさい！　わたくしを騙し、裏切り――」

「話を聞けって！　違うんだ、メリルはやってない！　学校に忍び込んだのや電波ジャックをやったのは理由があるし、近藤先生の件は濡れ衣なんだよ！　真犯人は別にいる！」

「庇い立てするのですわね」

　無表情になったソニアの、その底冷えのするような声を聞いて、隼平は己の過ちをただちに悟った。メリルの肩を持つような発言をするべきではなかったのだ。

——どうすりゃよかったんだ！

　そう叫び出したくなったとき、メリルが隼平の耳元でささやいてきた。

「隼平、このまま拘束されて。メリルの協力者ってことで逮捕されたら、自然なかたちで警察内部に入れるでしょ？　それで取り調べが始まったら、さっき話した通り、支配の魔法について話すといいよ。そうすれば隼平に対するアクションがあるはず」

「そういう、ことか……」

　隼平にはやっと、メリルがなにを企図してソニアを挑発したのかがわかった。わかったからこそ、顔を曇らせてメリルを仕方のなさそうに見た。

「メリル、やっぱりおまえのやることは杜撰だな。ソニアのあの気色ばんだ様子を見ろよ。あれが俺を警察に引き渡してやろうって顔に見えるか？」

「えっ？」

メリルが目を丸くしたそのとき、ソニアは隼平に剣を突きつけて高らかに云った。

「もはやこれまで！　隼平さん、あなたを殺します。そしてわたくしも死にますわ！」

それで驚愕したのがメリルだった。

「え、えええっ！　なんで？　なんでそんな物騒なこと云うの？　ありえなくない？」

「許せないのですわ……これまでのすべてが、許せなくなったのです！」

ソニアは自分の理屈や感情について、もはやいちいち語らなかった。ただ本気で心中しようとしていることだけは、全身から伝わってくる。これにはさすがのメリルも青ざめ、隼平から体を離し、ステージから軽やかに飛び降りるとソニアに向かって云った。

「いや、待ってごめん、説明させてほしいメリル。メリルにもちゃんと理由があるんだよ。メリルの探してる指輪のことから話すから聞いてほしいの」

「そうやってわたくしを懐柔しようと云うんですの？　舐められたものですわね。このソニア・ライトフェロー、やむをえず善人の敵となることはあっても、悪人の味方をすることは決してありません！」

「メリル悪人じゃないよ！」

「信じられませんわ！」

「この目を見て！　これが嘘をついてる人の目？」

メリルは目を見開き、人差し指できらきら光る自分の紫の瞳をソニアに示した。

「む、むむむむ……」

メリルの清い瞳を覗き込んで、激しい敵意に稲光っていたソニアの気配が和らいでいくのを隼平も感じた。しかし。

「でも、でもでも、許せないのです！」

ソニアは口惜しげにそう云うと、メリルに向かって戦闘開始の一歩を踏み込んだ。以前はメリルに完敗しているソニアだが、今度は聖剣オーロラスパークを手にして完全武装の本気である。この上、魔力を抑えている呪具を外すようなことがあれば、どちらかが命を落とす結果になるかもしれない。

「冗談じゃない！　頼むからやめてくれ！」

隼平はそう叫びながらステージの上から飛び降りると、メリルを庇うようにしてソニアの前に飛び出した。突進してきていたソニアは目を瞠ったが、剣風の勢いは変わらない。

「自分から前に出て来るとはいい度胸ですわ！　この手で、一思いに――」

「ソニア！　俺はおまえが好きだ！」

「な――！」

ソニアの全身に動揺が走り、振り下ろそうとしていた聖剣オーロラスパークが手からすっぽ抜けてどこかへ飛んでいった。しかしソニアはそんな剣には目もくれず、吸い込まれるようにして隼平を見つめていたし、隼平もまた命がけでソニアを見つめ返している。

「おまえはなにか勘違いをしているようだが、俺とメリルは恋人でもなんでもない！　さっきのキスはただの事故で、俺が好きなのはおまえだ、ソニア！」

するとソニアはたちまち顔を赤く燃え上がらせて、震える声でこう云った。

「本当に？」

「本当だ」

「では、もう一度」

「おまえのことが、好きだ」

隼平がそう繰り返すと、ソニアは大輪の花を咲かせたように笑った。

「それならよろしい」

「あ、いいんだ……」

これで戦いが終わってしまったということは、つまり、と隼平がソニアの心を推し量っていると、ソニアは真面目な顔に戻って云う。

「でも、この期に及んでわたくしをたばかっていたとしたら、今度こそ容赦はしません。メリルさんが正義の徒であるということを、証明してくださいますわよね？」

「ああ、おまえがちゃんと最後まで俺たちの話を聞いてくれるんならな」

どうやら無益な争いは回避できたと思って、隼平はメリルと顔を見合わせると微笑んだ。

……。

いつの間にか日も落ちた。西の空はまだ紫色をしていたが、辺りはすっかり暗くなっている。とはいえ、公園には常夜灯が整備されているので視界には困らない。

そんな夜の公園で、メリルはステージに腰かける隼平とソニアの前に立って、二人を見上げながらソニアに自分の事情を一から話して聞かせていた。ソニアは武装を解除し、格闘の訓練をやっていたときの動きやすい私服姿になってメリルの話に耳を傾けている。

「――というわけメリル」

メリルがそう話を結ぶと、ソニアは隼平に食って掛かってきた。

「どうしてメリルさんのことを、もっと早くに話してくれなかったのですかっ」

「だって、話したら問答無用で俺を殺そうとすると思って」

「そんなこと絶対ありませんわ！」

「だけどさっきは話も聞いてくれなかったじゃないか！」

「あれはあなたがメリルさんとキスなんかしていたから――」

話しているうちにソニアは頬を紅潮させていったが、その熱を冷ますように勢いよくかぶりを振ると、半分八つ当たりのような感じでメリルを睨みつけた。

「まさかあなたの探していた指輪が、奴隷魔法の支配の指輪だったとは！　それを復活させた者が十年前にいたとは！　しかもなお、十年経った今でも解決していないとは！」

十年前と云えばソニアはまだ七歳だ。マスター・トリクシーの起こした事件について知らなくても無理はないのに、勇者の末裔として責任を感じているようである。

「ソニア……」

「というかソニアちゃん、メリルが指輪を探してるって聞いて、奴隷魔法の指輪だとは思わなかったの？」

「思うわけありませんわ。古来より指輪は魔法と縁の深い装身具。魔法の指輪なんてありふれていますのに、単に指輪を探していると聞いて、いきなり支配の指輪と結びつけるのは飛躍があります。てっきり、なにか別の魔法に関連した指輪だとばかり……」

「ふむふむ。じゃあ隼平がエロ魔法使いだってことを知ってる人はもういない？」

その問いには、隼平とソニアは思わず顔を見合わせ、隼平がメリルに向かって云う。

「いや、もう一人いる。土方楓さんと云って、三年生の先輩だ」

「えっ……」

メリルは目を丸くして、一瞬絶句したようだった。隼平はメリルがなにに愕然としているのか、当て推量をしてこう云った。

「口の堅い人だから、人に話すことはないと思うけど……」

「うん。えっと、前にメリル忍法で隼平の記憶を読んだときに見たけど、楓ちんって黒髪をちょんまげにしたあの美人な子？　エロ魔法のこと全部話しちゃった？」

「いや、ソニアのやつ、俺を貶めようとして、エロ魔法の卑猥な部分だけを強調して話しやがった。勇者と魔王の因縁や奴隷魔法のことについては知らないよ。でも、それでよかったんだと思う。あんまり心配かけたくないしな……」

「ふうん、そっか。ならいいかな」

しきりにうんうんと頷いているメリルを胡乱そうに見てソニアが云った。

「なにか気になることでも？」

「ううん、こっちのことだから気にしないでほしいメリル。それじゃあそろそろ隼平を警察に逮捕してもらおうと思うんだけど」

囮捜査だと頭ではわかっていても、隼平は思わずぎょっとしてしまった。一方、ソニアは落ち着き払った様子で云う。

「そうですわね。指輪の持ち主と睨んだ相手が警察内部にいる。そこでメリルさんの仲間ということで隼平さんをわざと逮捕させて、相手の出方を窺うということでしたわね？」

「そうそう！　指輪の持ち主が十年前の計画の関係者なら、メリルの仲間を放っておくわけがないからね。ちなみに誰が指輪の持ち主なのかはまだ秘密メリル。隼平の演技に悪影響が出そうだからね」

それに相槌を打ったソニアは、隼平に向かってこう云った。

「というわけで隼平さん。メリルさんとあなたが一緒にいるところを見たとかいう理由をつけて、わたくしがあなたを警察に突き出します。なにか危険な目に遭っても、わたくしとメリルさんで必ず救出しますので、安心なさってください」

「不安だ……ていうか、楓さんとの飯の約束はどうするんだ？」

「それはあとで謝るしかないでしょう。この件は最優先事項です。指輪の所持者、連続意識不明事件の犯人、そして近藤先生に重傷を負わせた者……この三つの影が同一人物なのかどうかはまだわかりませんが、一秒でも早く解決するべきですわ！」

隼平は思わず天を仰いだが、ソニアの云うことの方が正しい。楓には今度謝ろうと腹を括って、ソニアを見つめて大きく頷く。

「……わかった。で、俺は具体的にどうなる？」

「警察に突き出しますが、それは一時的なこと。この国で罪を犯した未成年魔法使いが行くところは決まっていますわ。すなわち、魔導更生院です！」

メリルと通じていた、とソニアによって告発された隼平は、その日のうちに警察に拘束され、魔力を弱める特殊な手錠を嵌められ、都内の魔導更生院に移送された。魔導更生院の外観は一般的な少年院と変わりない。少年院と違うのは、対魔法使いを想定していることと、拘留から取り調べから裁判まで、すべて魔導更生院内で行われるということだ。

隼平の場合も、朝を待って、魔導更生院の三階にある取調室に連れてこられた。室内は手狭で、机を中央にして二脚の椅子がある。隼平はその片方に座らされたが、もう片方の椅子はまだ無人だ。

――誰が俺を取り調べるのか知らないが、とにかく奴隷魔法のことを告発して、それが警察内に広まってくれれば、敵がアクションを起こすはずだ。

隼平がそう考えながら手錠の鎖を張ったり緩めたりしていると、取調室の扉が開いて背広の男が入ってきた。

「やあ、一ノ瀬くん。ごめんね、待たせちゃって」

「奥村先生！」

　それは魔導更生院から魔法学校に出向してきており、レッドハート・ブレイブの副顧問を務めている奥村教諭であった。

「しばらくぶりだね。メリルが学校に忍び込んだ日、楓君と一緒にレッドルームで会って以来かな。君の取り調べは僕がやるよ。まったく知らない仲じゃないからね」

　奥村はそう云って、驚きに包まれている隼平の向かいの席につくなりちょっと笑った。

「どうしたんだい、鳩が豆鉄砲を食ったような顔をして？」

「いや、まさか奥村先生が来るとは……」

「僕の本職はこっちだよ。忘れたわけじゃないだろう？　教職の傍ら、魔法学校に通う生徒たちを監視者としてこっそり見張るのが僕の仕事だ」

　そう、奥村は魔導更生院からの回し者なのだ。ゆえに彼のことを煙たがる生徒も多い。

　しかしそれが彼の仕事なのだし、なにより楓が尊敬できるとまで云っていた人である。

　その奥村教諭は、居住まいを正すと笑みを消して本題に入ってきた。

「で、いったいどういうことなんだい？　メリルと通じていたって聞いたけど？　それとも僕には話したくないかな？」

「いや、奥村先生は、あの楓さんが尊敬してる人なんだ。俺も先生を信じて話します」

「お、嬉しいねえ」

そう云って笑う奥村に微笑みを返した隼平は、自分の前世やエロ魔法については伏せながら、メリルと出会い、彼女に協力することになった経緯を上手く話して聞かせた。

話を聞き終えた奥村は、ふうむとうなりながら右手で顎を撫でた。

「つまりあの日、学校でメリルと出会った君は、後日彼女に接触され、人を奴隷にする魔法の話を聞き、正義感からメリルに協力して内偵を進めていた。メリルは行動に問題があるものの根は善人であり、近藤先生を傷つけたとされているのも濡れ衣である。そしてメリルと行動を共にしているところをソニア君に見つかり、捕縛されたと」

「はい、だいたいそんなところです」

あとはこの証言が敵に伝わるのを待つだけである。そうすれば状況は勝手に動き出し、メリルとソニアが自分を助けに来てくれるはずだ。

——来るよな？

隼平が少しだけ心細くなったそのとき、奥村が云う。

「君はメリルの話を信じてる？」

「信じています」

「根拠は？　なにか証拠でも見せてもらったのかい？　メリルの論理はわかったけど、彼女が嘘を云っている可能性もあるんじゃないか？」

「それは……」

なぜメリルを信じたか。それは自分がエロ魔法の使い手だったからであり、ソニアによる裏付けがあったからでもあるが、しかし最終的にメリルを信じようと思ったのは、結局のところ自分の魂がメリルに惹かれたからではないだろうか。

それをどう話そうか、エロ魔法のことまで話すか、隼平が思案していると、奥村がいきなり卓に手をついて椅子からすっくりと立ち上がった。

「……先生？」

「いや、悪かった。君はメリルを信じたんだな。そういうことなら僕も方針を決めた。君に見てもらいたいものがある。話をつけてくるから、ちょっと待っていてほしい」

「え、あの……」

突然の言葉に隼平は目を丸くし、云いたいことの整理もつかなかった。そんな隼平をその場に残し、奥村は取調室を出て行ってしまった。

「なんなんだ、いったい……」

奥村が戻ってきたのは、それから十五分ほど経ってからのことである。

「待たせて悪かったね。さあ、立って。行こう。君に見せたいものがあるんだ」

見せたいものとはなにか、説明のないまま隼平は奥村について取調室を出て、長い廊下を歩き、エレヴェーターの前までやってきた。ここまで手錠は嵌められたままだったが腰縄などはなく、奥村以外の職員がついてくることもなかった。

　やがてエレヴェーターが到着したときのあの音がして扉が開き、一人の男が現れた。彼は奥村を見てちょっと目を瞠り、奥村もまた威儀を正して云った。

「こんにちは、土方次長」

「土方？　それって。もしかして……」

　思わずそう口を挟んだ隼平を振り返った奥村が、一つ頷いて云う。

「そう、前に話したよね。楓君のお父さんは魔導更生院の次長だって。この人だよ。土方家の当主で、剣も魔法も達人なんだ。土方歳三郎さん」

　そう聞いて、隼平は不躾なほど歳三郎をじろじろと見てしまった。歳三郎は四十代前半の長身で、背広の上からでも筋肉質な体つきをしているのが見て取れる。だが顔つきはどことなくぼんやりしていて、くたびれた優男のようだった。

　――楓さんには、あんまり似てないな。

　その歳三郎が、隼平を見ながら奥村に云う。

「奥村くん。この子が、例の……？」

「ええ、まあ。これから地下に連れていきます」

「そうか」

歳三郎は相槌を打つと、隼平には一言もなくその場を去っていった。

俺のことは無視かよ――と、隼平はちょっと傷つきながらも奥村とともにエレヴェーターに乗り、そのエレヴェーターが下に向かって動き出すのを待って口を切った。

「いつだったか、楓さんが云ってたんです。夏休みのあいだ、ずっと学生寮にいるのは、実家と折り合いが悪いからだって。今、思い出しました」

「ふうん。まああの親子も、色々と問題を抱えているからね」

問題とはなにか。気にはなったがそれ以上の話をする暇もなく、エレヴェーターが地下三階に到着し、扉が開いた。その先のエレヴェーターホールでは、刑務官の制服を着た体格のよい男が待ち構えるように立っており、奥村は彼に向かって云った。

「新しいナンバーズを連れてきました。お部屋へご案内願います」

すると刑務官は一つ頷き、回れ右して奥の廊下に向かって歩き出した。それに奥村がついていくので、隼平もまたあとに続かざるを得ない。

どことなく静かで重い空気のなか、こつこつと足音だけが響く。黙っていると雰囲気に圧倒されそうだったので、隼平は明るい口調を作って奥村に訊ねた。

「あの、先生。ナンバーズって？」

「今日から君は八十一番だ。君にはこの番号を覚える義務がある」

いきなりのことに面食らっていると、廊下を歩いていた刑務官が立ち止まり、一枚の扉を開けた。隼平は本能的に厭なものを感じて立ち止まったのだが、奥村がやにわに腕をつかんできて、隼平を部屋のなかに引っ張っていく。

そこは窓もない狭い部屋で、ベッドと洗面台と衝立もない洋式トイレがあるだけだった。

「ここって、独房？」

「そうだけど、厳密にはそうじゃない」

奥村はそう云うと刑務官に手振りでなにか示した。刑務官が部屋の外に出て、外から鍵をかける。隼平はぎょっとしたが、奥村の話は続いていた。

「一ノ瀬君、この地下三階は魔導更生院の特別更生施設になっているんだ。当たり前だけどウチに送致されてくる子も色々でね、根はいい子もいれば、手のつけられない悪童もいる。そういう反抗的な子や、妙な危険思想に染まっている子は、通常の更生プログラムでは対応できない。もっと特別な、断固たる対応を取る必要がある」

「まあ、そりゃそうでしょうけど……」

隼平はそう答えながら半歩あとずさった。頭の後ろで盛んに警鐘が鳴っている。

そんな隼平を、奥村は冷たく見下ろして云った。

「君をメリルに共感した危険思想の持ち主と判定する。君にはここで特別更生プログラムを受けてもらおう」

予想はしていたが、実際にそうはっきり云われると失望で目の前が真っ暗になった。

「先生、信じてください！　俺の云ったことは嘘じゃない！　人を奴隷にする魔法は存在する！　メリルはそれをなくそうとしてるだけなんだ！」

「うん、知ってるよ。支配の魔法は存在する。僕はそれをマスター・トリクシーから教わった。今から十年前のことだ」

「いや、だから……え？」

わからずやの教師を説き伏せるつもりで声をあげたのに、奥村は隼平の予想とはまるで異なることを云った。唖然としている隼平を、奥村が嗤う。

「支配の魔法は存在する。だがそれはとてもいい魔法で、その魔法の消滅をもくろむメリルは悪いやつだ。だから君には更生してもらわないといけない」

唖然から理解へ、茫然から驚愕へ、自分の精神が一気に振れるのを隼平は感じた。

「先生、あなたは……」

「君には話そう。僕には三つの顔がある。一つは魔法学校の数学教師。もう一つは魔導更生院の職員。最後の一つは、奴隷魔法の復活を目指す研究者だ」

「な……！」

隼平は愕然とした。愕然としたが、そもそもメリルは魔法学校の高等部から指輪の反応を検知したのである。近藤教諭が襲われたときも、奥村は現場にいた。そしてメリルは指輪の持ち主として疑っているのは警察関係者だと云ったが、魔導吏生院から魔法学校に出向してきている奥村は、学校関係者であると同時に警察関係者でもある。

すべてを理解すると、隼平は奥村に向かって全身で叫んだ。

「なぜだ！　マスター・トリクシーに代わって世界を征服でもするつもりか！」

「勘違いするな。僕がマスター・トリクシーから引き継いだのは研究だけだ。思想までは受け継いでいない。十年前、マスター・トリクシーは僕たちを騙していた。人間が魔法使いを管理するための研究だと云ったのに、実際は彼女が世界を征服するための片棒を担がされていたんだ。だが僕は違う。僕は、僕のような魔法の力を持たないただの人間が魔法使いを管理するための、そのためだけに研究をしているんだ」

「管理って……」

「だっておまえら化け物じゃないか。その気になれば呪文一つで都市を焼き払うこともできる危険生物が、鎖に繋がれずに堂々と街を歩いてるなんておかしいだろ。おまえらは管理されるべきなんだ。奴隷の印を刻まれてでもな！」

「勝手な――」

隼平は奥村に向かって体当たりをしかけた。手錠をされているから殴ることはできないが、ぶつかって押し倒すことはできると思ったのだ。しかし奥村はその長い脚で隼平の腹に蹴りを見舞い、隼平は「げふっ」と声をあげながら尻餅をついた。

「野蛮だなあ」

そうぼやく奥村を悔しげに睨みつけて隼平は云う。

「楓さんは、魔法使いには果たすべき義務と責任があるって云ってた。レッドハート・ブレイブだって、社会の信用を得るために活動してたんじゃないのか。俺だってようやく、魔法使いとしての一歩を、踏み出したところだったんだぞ……！」

「駄目だ、信用できない。魔法使いは化け物だ。管理する必要がある」

そのとき隼平は奥村から壁のようなものを感じた。魔法使いは彼の壁の外側にいて、なにをどう訴えても無駄なのだ。

――そんなに魔法使いが怖いかよ。

怖い！　化け物！　近寄らないで！　私たちの世界から消えてちょうだい！　と、そんな扱いをされて、人を憎んだり世を捨てたりした魔法使いの話は枚挙にいとまがない。

　隼平は彼らが味わったのと同じ孤独を感じながら、奥村を睨みつけた。

「……それが、おまえの所属する組織の意思なのか？」

「組織？　違うな。僕は個人だ。いや、正確には助手が一人いるし、魔導更生院の職員としての立場を利用して立ちまわってるのは事実だが、まあおおむね個人だ」

「個人？　一人でやってるって云うのか！　馬鹿な！　魔王遺物もない、魔法使いでもないあんたに、奴隷の刻印の復活なんてできるもんか！」

「ところが僕は、指輪と刻印の両方を持っているのさ」

「両方……？　それは、どういう……」

「文字通りの意味さ。支配の魔法は指輪と刻印よりなる。そこで刻印を分析し、刻印と同じ働きをする魔道具を、ある魔道具師に作らせたのがこれだ」

　奥村はそう云うとジャケットの内ポケットからなんの変哲もない黒革の首輪を取り出して、それを自慢げに見せびらかした。

「この首輪には奴隷の印のコピーが刻まれていてね、首輪を嵌められた人間は、奴隷の印を刻まれた者と同じ状態になるんだよ。ちなみにこの首輪を作ってくれた魔道具師は、ほかの奴らと同じく意識不明にしてやった。用済みだし、信用できないからね」

「な……！」

「まあ本物の刻印と違って肉体に直接刻みつけるわけじゃないから、首輪を外されたらそれでおしまいっていう問題はあるけど、この首輪の性能について、ちょうど誰かで実験してみたいと思っていたところだ。そこへ都合よく君が転がり込んできた。君を更生させるという名目で、色々やってみるのも面白いかなって思うんだ」

その言葉で隼平は自分が奴隷魔法のモルモットにされるのだと悟り、ふたたび吹き上がる恐怖と怒りに任せて立ち上がろうとした。

「この野郎、冗談じゃないぞ！」

「怒ったかい？　でもその怒りもすぐに消えてなくなる。君は僕のいいなりになるんだ！」

そう云った奥村が隼平をせせら笑いながら、その肩を蹴ってくる。それで隼平はあっけなく倒された。手錠さえなければ、こんなに簡単に転ばされることはなかっただろう。腕が不自由なだけで体のバランスを取るのがこれほど難しくなるとは思わなかった。

だがここで諦めたら本当に刻印の首輪を嵌められ、奴隷に落とされてしまう。

――いやだ、冗談じゃない！

「くそがっ！」

隼平が心の底からそう吠え猛った、そのときである。雷の落ちるような音がして外から扉が蹴破られ、青い騎士甲冑で武装した金髪の女が駆け込んできた。

「隼平さん！」

「ソニア！」

ぱっと顔を輝かせる隼平と、凍りついている奥村のあいだに割り込んだソニアは、手にしていた聖剣オーロラスパークを奥村に突きつけて云った。

「今すぐその首輪を手放さなければ、右手ごと切り落としますわ！　三、二、一！」

銀光一閃、ひいっと声をあげた奥村が首輪を手放して後ずさる。そして地面に落ちたその首輪を、ソニアは汚いもののように睨みつけると、剣の切っ先を突き付けて云った。

「クリムゾンファイア！」

すると空中に赤い熱球がいくつも生じ、そこから同時に迸った数条の熱線が奴隷の首輪を一瞬で塵にする。奥村はそれを愕然と見つめて、うめくように云った。

「ひ、一つしかないプロトタイプが……」

「あら、量産はしていませんでしたの？　それは重畳、実になによりですわ。ほほほ」

と、ソニアが古典的な高笑いをしたところへ、特撮番組に出てくる悪の女幹部のような恰好をした銀髪紫眼の少女が部屋のなかに入ってきた。肌の露出が多くて、二つに分けて巻いたアバンギャルドな髪型が、まるで悪魔の角のようである。

「やほー、隼平。約束通り助けにきたよ。頃合い頃合い？」

「メリル！　ほ、本当に、助けに来てくれたのか……」

「当たり前じゃん。ソニアちゃんと二人でここに忍び込んで、セキュリティを制圧して、様子を窺って、今の話を聞かせてもらってたの。メリルはちょっと寄るところがあったからソニアちゃんより遅くなっちゃったけど、ちゃんと来てあげたよ？」

メリルがそう云って隼平にVサインを寄越したとき、奥村がくつくつと笑い出した。

「いやあ、メリルが一ノ瀬君を助けにくる可能性は考えていたけど、ソニア君まで一緒とは予想外だったな。メリルとぐるだったのかい？　となると、一ノ瀬君をここに突き出したのも最初から、僕を釣り出すための作戦だったのかな？」

するとソニアは憮然として口を切った。

「奥村先生、あなたには大変失望いたしましたわ。魔法使いを恐れるあまり、自分が怪物になっていましてよ。十年前の計画の関係者を、次々に襲ったのもあなたですわね？」

「さて、どうだろうね」

煙に巻くようなその言葉と、少しも悪びれたところのない態度が癇に障ったか、ソニアが殺気立って奥村に一歩迫る。

「近藤先生を傷つけたのは？」

「ああ、彼には悪いことをしたと思ってるよ。関係ないのに病院送りにしてしまって本当に申し訳ない。でも命までは奪わなかったんだからいいよね」

「このっ――！」

それで爆発しかけたソニアを、しかしメリルが止める。

「待って。メリルこの人とお話があるから、ソニアちゃんは隼平の手錠を外してあげて」

するとソニアは一つ大きく息を吐いて怒りの大波を乗り越えると、回れ右して隼平のところまでやってきて剣を一閃させ、隼平の手錠の鎖を断ち切った。

「た、助かった」

手錠がこんなにも体の自由を奪うとは思わなかった。解放感とともに立ち上がった隼平はソニアを見つめて微笑んだ。

「ありがとうよ」

「どういたしまして」

手錠の鎖を切っただけだが、ソニアはいかにも得意げだった。一方、メリルはソニアと入れ替わりに奥村と対峙している。奥村はメリルを見るなり憎々しげに口を切った。

「久しぶりだな、メリル」

「そうなの？」

「……僕は十年前、おまえに肘を反対側に曲げられているんだぞ！」

「ごめん、憶えてない。ていうか君、顔と名前を変えてるでしょ。だから探すのに苦労したんじゃん。わかるわけないいじゃん」

「いや、名前は変えたが整形まではしていない。ダイエットしただけだ」

奥村のその言葉に、メリルはびっくりしたように絶句した。そんなメリルを、隼平は残念そうに見つめて云う。

「おい、メリル。おまえ……」

「てへ」

そう可愛く舌を出したメリルは、こほんと咳ばらいをすると改めて云った。

「そんなことより！　さっきの隼平との話によると、君は組織じゃなくて一人で活動してるんだってね。まあ十年前の敵対者だけでなく、一緒に働いてた仲間まで意識不明にしてる時点で、他人をまったく信じてないなってプロファイルしてたけど。でもそれだと、ちょっとわからないことがあるメリル」

その言葉には、傍で聞いていた隼平が首をひねった。

「どういうことだ、メリル？」

「あのね、Yちゃんを筆頭に意識を奪われて病院で寝たきりになってる人たちは、みんな魔法でやられてるの。薬物じゃなくて、魔法。でもこの人は魔法使いじゃない。ということとは魔法使いじゃなくても扱える魔道具のたぐいを持ってるか、もしくは――」

「魔法使いの仲間がいるということですわね」

ソニアのその言葉を聞いた隼平は、はっと息を呑んだ。

「そういえば、助手が一人いるとか云ってたな」

「そもそも、組織の支援を受けずに個人でやっているというのは本当ですの？　だってここは、魔導更生院ではないですか」

そう糾弾してくるソニアをせせら笑って奥村は云う。

「僕は個人だ。だから散逸したマスター・トリクシーの研究成果を掻き集め、昔のことを知ってるやつらを黙らせ、君が焼き払ってくれた奴隷の首輪を完成させるまでに十年もかかったんじゃないか。まったく、頭のなかに首輪のデータが残ってなければ、さすがの僕も怒りでおかしくなってるところだよ。ところで魔導更生院だけど、ここで更生プログラムを受けている子を実験台にしようとしたのは今日が初めてなんだ。更生院ぐるみでやってるということはないよ。日本でそんなのは無理さ」

「本当にそうなら、ここで君をぱっぱと潰して終わりなんだけどね。ところでまだメリルの質問に答えてないよね？　大勢の人の意識を、どうやって奪ったの？　今のところ死人は出てないし、大人しく話してくれるならメリルも穏便に済ませてあげるよ？」

それに奥村は黙って肩をすくめた。どうやら答える気はないらしい。隼平はそうと悟って、メリルに囁いた。

「おい、メリル。あんまり時間をかけると……」

「うん、警備員とかが来ちゃうよね。というわけで、とりあえず、こう！」

悪の女幹部然としたメリルが腕を振ると、独房の景色が歪んだ。メリルの姿が三つにぼやけ、それぞれ赤、緑、青の三つの色を帯びたかと思うと、やがてまた融合する。

気がつくと、隼平たち四人は元の独房にはいなかった。いつの間にか、摩訶不思議な空間に転移させられている。空は日が沈んだ直後の紫色をしており、大地は青い靄に覆われている。周囲は広大無辺のようにも見えるし、ひどく狭いようにも思える。

「こ、ここは……」

「メリルのふしぎ結界『トワイライトゾーン』だよ。誰も入ってこられないし、誰にも見られないし、暴れても平気っていう、都合のいいところ」

その魔法を使うために、今日は悪の女幹部のような装いで現れたというわけだ。

「もう逃げられないよ？　というわけで全部話して。あと例の指輪も渡してほしいな」

メリルにそう云われても、奥村の口元からは笑みが消えない。それが訝しい。

「……妙ですわ。どうしてそんなに余裕がおありになるの？　あなたはたった一人で閉じ込められた。こちらは魔法使いが三人、だというのになぜ?」

「ふっふっふ。そう、僕は個人だ。だが一人だけ助手がいる。優秀な助手がね。一ノ瀬君をここに連れてくる前、ちょっと席を外したんだけど、なにをしていたかって云うと、その助手に連絡を取っていたんだ。僕は助手に遠くから魔法で僕の気配を探らせていて、なにか異変があれば救出に来いとあらかじめ云ってある」

「だとしても、この封印結界を破って救出に来られるとは……」

と、そこまで云ってから、ソニアがはっと息を呑んだ。

「この結界を破って助けに来ると、思っているのですわね! ならば――」

有無を云わさずねじ伏せる。ソニアがそう断を下したのと、宵闇の空間に亀裂が走るのとは同時だった。それを見て、奥村が安堵したようにも勝ち誇ったようにも笑う。

「もう遅い」

そう云って、奥村は懐から取り出した金色の指輪を左手の薬指に嵌めた。それを見たメリルが目を瞠る。

「見つけた。ゴールドの指輪だね」

その指輪に向かって、奥村が祈るように囁く。

「さあ、僕はここだ。早く来い。そして我が身を守れ」

そして空間の裂け目が大きくなり、そこから外の景色が見えた。隼平にとっては、見覚えのある光景だった。

「これは、魔法学校の高等部の校舎だ！　なぜそこから……」

「空間を切り裂き、結界まで破るとは……これは次元断裂！　異端の魔法ですわ！」

物質ではなく空間を切り裂く。それは切断魔法の最上位、異端の領域にまで到達した魔法である。そしてそんな魔法を使えると隼平に嘯いた者が一人いた。彼女は云った。

――木刀を持てば金剛石でも切れるし、人の肉体に傷をつけずに意識のみを切断することも可能。そして真剣を持てば空間すら切り裂ける……と云ったら、信じるか？

あのときの声を思い出した隼平は、そのとき恐怖にも似た衝撃を受けた。

人の肉体に傷をつけずに意識のみを切断する、だって？

それはつまり、人の意識を奪い取る魔法ということではないのか。だとすると、それが意味する事実はなんだ？

凍りつく隼平の前で、今、一人の少女が空間の裂け目からこのトワイライトゾーンに入ってきた。高く結い上げた黒髪も学校の制服も見慣れたものだが、今は右手に日本刀を携えている。その彼女を見て隼平は愕然と叫んだ。

「楓さん！」

予想だにしない人物の登場に凍りついている隼平に、楓が寂しそうな顔をして云う。

「やんちゃをしたようだな、隼平。私との夕飯の約束をすっぽかしたかと思ったら逮捕されているなんて、笑えないぞ、本当に」

「か、楓さん、どうして……」

「どうして？　それは私が聞きたい。朝から学校にいたら奥村先生から連絡が来て、自分を守ってくれと云う。私はレッドルームの武器庫から刀を持ち出し、千里眼の魔法で先生の気配を探って追ってきた。だがなぜだ……どうして私に、こんなことをさせる？」

と、メリルが一歩前に出た。すると楓もメリルを見て威儀を正し、一礼する。

「お久しぶりです、メリル殿。その節はお世話になりました」

「うん。メリル忍法で隼平の記憶を見たときに思い出したよ。大きくなったねえ」

「し、知り合いなのか？」

そんな隼平の質問は、おそらくこの場で一番間抜けなものだったろう。ソニアの方は早くもすべてを察した顔である。

「なるほど、そういうことでしたの……」

「そういうことって、どういうことだよ？」

「おわかりになりません？　十年前、マスター・トリクシーによる支配の魔法の実験体とされた、当時十歳未満の十人の少女……その一人が、楓さんなのですわ」

「な――！」

隼平はそう驚きの声をあげたが、しかしそう考えるよりほかにないことは明白だ。ということは、楓は指輪によって奥村に支配されている。

そうと理解するや、隼平のなかで目の眩むような怒りがこみあげてきた。

「おまえ――」

「おっと、早まるな。彼女が僕の助手を務めているのは、彼女の意思だ」

「なにを抜かす！」

隼平は激昂して奥村に詰め寄ろうとしたが、ほかならぬ楓がその前に立ちはだかった。

「いや、奥村先生の云う通りだ。私は支配の魔法を受けてはいない。自分の意思で奥村先生の手伝いをし、この身に刻まれた刻印の分析作業に協力している」

それは楓が十人の被験体であったという事実以上に、隼平を驚愕させた。

「なにを、云ってるんですか……」

「そうですわ！　どうしてそのような外法に、あなたのような人が手を仮すんですの！」

「無論、世界平和のため、大いなる秩序のためだ。魔法使いが危険だという意見は至極もっとも、魔法使いは管理されて然るべきだと思うからだ」

　そうはっきり宣言されて、隼平は声にならない声をあげた。たしかにこの世界には魔法使いと非魔法使いの争いの歴史がある。魔法使いが人々を支配した時代もあれば、人々が魔法使いを迫害して火あぶりにした時代もあった。やってやられてやり返されて……その報復の連鎖にひとまずの終止符が打たれたのが、第二次世界大戦だったのだ。

　魔法に追いつけ魔法を追い越せという人のエネルギーを原動力に発展してきた科学と兵器が、第二次世界大戦中にある一線を越えた。それを見た魔法使いたちは、このまま魔法と科学が競い合いを続ければ本当に人類が滅ぶと判断し、『勇敢なる放棄』と呼ばれる歴史的決断をして自ら多くの権利を放棄し、力を封じ、知識を公開し、人より多くの義務を背負い込んで生きていくようになった。それでもまだ足りないというのだろうか。魔法使い当人である楓が、魔法使いは奴隷の印を刻まれてまで管理されるべきだと云うのか。

「楓さん、どうしてそこまで……」

「お母さんを殺しちゃったから、そうなったの？」

メリルのその言葉は、もうなにがあっても驚くまいと思っていた隼平が、ひっくり返るような発言であった。楓が暗い笑みを浮かべてメリルを見る。

「……あなたはなんでも知っているのですね」

「まあ一応、当時の十人の履歴とか確認したからね」

それで今の話が本当のことなのだと悟り、隼平は胸が潰れそうになった。

「楓さん、それはどういう……」

「なに、つまらん話さ。私はこと切断という点においては特異な才能を持って生まれてきた。指でなぞればなんでも切れた。木でも石でも鋼でも……そしてあるとき、母を切ってしまった」

そこで楓はトワイライトゾーンの空を仰ぎ見て、暗い星を探すように語り始めた。

「事故だった。だがそれで母様は死んだ。父様は私を殴り、憎み、そしてそれ以上に恐れ、私を座敷牢に閉じ込めた。マスター・トリクシーから打診があったのはそれから数年後だ。私は父様の手で彼女に差し出された。永久に管理されるべき、鬼子として……そして、私もそれを受け容れた。私が悪い。父様は間違っていない。そう思った」

楓はそう云うと、顔を前に戻してメリルに眼差しを据えた。

「メリル殿。十年前、戦いのあとでゴールドの指輪が一ダース見つかり、あなたはその一つをレーダーとして選ぶと、御友人に残りの指輪の破棄と、救出した私たち十人のことを頼んで去っていかれましたね。ですからあなたは御存じなかったかもしれませんが、その方はゴールドの指輪を破棄せず私たちに一つずつ配ったのです。なぜかわかりますか？」

「ああ、なるほど。君たちを守るためだね。上位の指輪は下位の指輪の命令を無効化できるから、ゴールドの指輪を嵌めていれば、マスター・トリクシーがこの世にもっとも多く流出させたブロンズとシルバーの指輪の命令をキャンセルできるもん」

「はい、御明察。そして私は父の許に戻り、その指輪を父に献上しました。今、それはマスター・トリクシーの研究の後継者である奥村先生の手にあります。私は望んで奥村先生に協力しているのです。決して、指輪に操られているわけではありません」

　その一連の告白を聞いて、隼平はなにも云えなかった。そういう業を背負っていたのなら、楓がそこへ行き着くのも仕方がないと思ってしまったのだ。だがソニアは違った。

「しかし、そのために人を……わたくしたちの近藤先生を平気で傷つけるような大悪党に協力するなど、どうかしていますわ！　いったいあなたはどういう顔をして、大勢の人の意識を奪い、近藤先生にあんな大怪我を負わせたのですかっ！」

　すると楓が不愉快そうに眉根を寄せた。

「なにを云っている？」

「おとぼけになるつもり？　魔法で人を意識不明にしたのも、近藤先生を傷つけたのも、あなたしかいないじゃないですか！」

「私が？　馬鹿を云え、近藤先生に重傷を負わせたのはメリル殿だろう」

「まさか、違いますよ！」

隼平は思わずそう叫んでいた。耳の奥に蘇るのは、先ほどの奥村の言葉だ。

――ああ、彼には悪いことをしたと思ってるよ。関係ないのに病院送りにしてしまって本当に申し訳ない。でも命までは奪わなかったんだからいいよね。

だから近藤教諭を病院送りにしたのは奥村か、奥村の命令を受けた楓ということになる。しかし隼平は、楓がやったとは信じたくなくて、声を絞り出すように云った。

「近藤先生を傷つけたのはメリルじゃない。やったのは、奥村だ」

すると楓は隼平を清冽な瞳で見据えて云う。

「隼平よ、そんなことはありえない。奥村先生はそのような方ではない。だいいち、あのとき私は奥村先生とずっと一緒にいた。近藤先生を傷つけたのは別人だ」

そう断言する楓に、隼平は一点の曇りも見出せなかった。こういうことで嘘をつける人ではない。奥村は楓とずっと一緒にいたのだ。

「ど、どういうことだ……？」

隼平がそううろたえた声をあげたとき、メリルがため息をついて奥村を見た。

「おじさん、やっぱり指輪の力を使ったね？」

「なんのことかな？」

そうとぼける奥村を白々しげに見てから、メリルは楓に目を戻した。

「楓ちんさ、君は支配の魔法をなんだと思ってるの？」

「なにって、それは人に云うことを聞かせる魔法でしょう。たしかに望まぬ苦痛を強いることもできる。奴隷魔法と云われても仕方がない。しかし魔法使いが過ちを犯したとき、なまじ力がある分、それは取り返しのつかないことになってしまいます。だから――」

「そういうことじゃなくてさ。要するに楓ちんは、支配の魔法の力は肉体にしか及ばないと思ってるんだね。無理やり云うことを聞かせて、体を操るだけの魔法だって」

その指摘に楓は目を丸くしたが、それは隼平も同じだった。

「え、違うの？　奴隷にする魔法って普通そういうことだろ？」

するとメリルはおもむろに両腕で大きなばってんを作って云う。

「はい、大不正解でーす。違いまーす。支配の魔法の容赦ないところは、記憶や意識、精神にまで命令できるところでーす。忘れろと云えば忘れるし、思い出せと云えば思い出すし、尊敬しろと云えば尊敬するし愛せと云えば愛すんです。記憶、感情、思考、思想、頭の中身を全部自在に書き換えられるから、支配の魔法って云うんだよ。わかった？」

その叩きつけるような言葉の数々に、楓は声もないようだった。一方メリルは勢いのまま、言葉の矛先を奥村に変えた。

「これで全部わかったよ。十年前の計画の関係者が意識不明になってるのは、楓ちんの魔法で意識を切断されたから。隼平の学校の先生が重傷を負わされてメリルのせいにされたのは、遠距離から千里眼で位置を補足、空間ごとやって完全犯罪ってところかな。もちろんどっちのケースも楓ちんに指輪で命令して、事が終わったら記憶は消したメリル」

「嘘だ！」

血相を変えてそう否定の声をあげたのは、やはり楓であった。彼女は携え持った刀までわななかせながら、メリルを屹然と睨んでいる。

「奥村先生が指輪を持っているのは、私が過ちを犯したときに正して下さるためだ！　私を、そんな、まるで都合のいい刺客のように、使うはずがない！」

楓さん、と隼平は声にならない声で呟いた。かたくなに奥村を信じようとするその姿は、たしかに純粋であった。純粋すぎて、当の奥村すら苦笑いをしているではないか。

「……もういいよ、楓君。メリルたちを殺して終わりにしよう」

「えっ？」

楓が虚をつかれたように奥村を振り返った。奥村はその楓の視線を受け止めて云う。

「さすがの僕も今まで人殺しの命令をしたことはない。昔の敵も仲間も、意識を奪うだけに留めておいた。だがメリルは別だ。生かしておけない。仲間二人も同様だ」

「……奥村先生。いったい、なにをおっしゃっているのですか。わかりません」

茫然としたまま、やっとそれだけ云った楓に向かって、奥村は軽く肩をすくめた。

「まあぶっちゃけた話、メリルの云ってることはだいたい当たりだ。君のなかにエージェント用の別人格を作って、やらせるときはそっちを起動させていた。起きろ、メイプル」

瞬間、楓の気配が変わった。そうしてゆっくりと隼平たちに顔を戻した楓には、表情というものがない。その暗い目に見られて、隼平は指の先まで戦慄していた。

「べ、別人格？　メイプルだと？」

「別人格と云っても、単に命令を遂行するだけの、機械のような状態だ。毎回記憶をいじるのは面倒だし、記憶の齟齬が蓄積すると錯乱する可能性もあるからね。メイプルという別モードを構築したのさ。便利だろう？　さあ、メイプル。三人を殺しなさい」

次の一瞬になにが起こったのか、隼平の目ではよくわからなかった。ただ思わず目を瞑りたくなるような音がして、ソニアが隼平を庇い、楓の刀を盾で受け止めていたのだった。

その光景に奥村が目を瞠る。

「勇者の末裔をなめてもらっては困りますわ。彼女が空間ごと切るならこちらは空間をねじまげて対応するのみ！」

そしてソニアが盾で楓を押し返し、右手に持った聖剣オーロラスパークで突きを見舞う。それを楓はするりと躱した。が、もし躱さなければどうなっていたのだ？

そこから楓とソニアはお互いの剣を交えての、隼平には理解もできない高次の攻防に移ったが、どちらも真剣を持っている。隼平は慌ててメリルに食って掛かった。

「おい、メリル！　たしか上位の指輪は下位の指輪の命令を無効にできるんだよな？」

「うん、だけどメリルの指輪はゴールド、向こうの指輪もゴールド、つまり同格だね。その場合、命令の上書き合戦になっちゃうんだよね」

「じゃあどうするんだよ！」

「うーん……メリルに考えがあるけど、ソニアちゃん、なんかこう、上手いこと楓ちんの動き、止められないかな？」

するとソニアが牽制のための突きを放ちながら早口で云う。

「そう都合よくは参りません。時間稼ぎだって、このままでは長く持ちませんわ！　やられそうになったら、やってしまうかも……」

「おい！」

隼平は思わずそう声をあげていた。楓の血もソニアの血も見たくはない。

「メリル、おまえならなんとかできないのか？」

「メリル、着てる服で使える魔法が変わるタイプだから。今お着替えしてトワイライトゾーンを解除すると、魔導更生院の地下に戻っちゃうし、警察の応援とか来て、大変？」

「使えねえなあ、おい！」

「だから隼平やって」

「なに？」

「メリルが使えないなら隼平は使えるんだよね？　楓ちんの動き止めてね、ファイト！」

——しまった、藪蛇。

だがそうは思えど、この状況ではソニアのためにも楓のためにも、自分がやるしかない。

「動きを止めればいいんだな？」

「うん！」

そう肯んじるメリルに背を向け、隼平は楓たちの方に向かって歩き出した。竜巻のなかに踏み込んでいくようで恐ろしいが、ここで怯えていては一生後悔する。

——だがどうする？　俺にできることなんてエロ魔法しかないぞ。クロスブレイクで裸にしたって、今のロボットみたいな楓さんじゃ、恥ずかしがってもくれないだろうし。

するとそんな隼平の心を読んだようにソニアが叫んできた。

「隼平さん！　動きを止めるというなら、あれですわ！　あれ！」

「あれって、あれ、あれか？　通じるかな？」

「わたくしを信じなさい」

そのとき隼平に視線を向けたのが仇になったか、楓の掌底がソニアの顎を一撃した。思わぬ掌打に脳を揺さぶられたか、ソニアが「くはっ！」と声をあげて片膝をつく。そこへ楓が刀を振り上げた。迷っている時間は、隼平にはなかった。

――一発だ。一発で決める！

隼平は落ちこぼれ扱いされているとは思えぬ素晴らしい速度で魔力を練り上げ、イメージし、楓に向かって右手をかざした。

「オーバーフィーリング！」

そして隼平の右手からほとばしった光りの波動が楓を照らす。すると豪快かつ流麗な楓の太刀筋が大きく歪み、太刀風はソニアを大きく逸れて空振りに終わった。のみならず、楓は刀を取り落としそうになりながら一歩、二歩と後退する。

「ひっ！　う、あっ！」

たとえ機械のような別人格にされているとしても、皮膚の感覚が奪われたわけではない。オーバーフィーリングによって全身の感覚を鋭敏にされすぎた楓は、体を動かした際の空気の抵抗によって凄まじい快感を与えられ、もうまともに体を動かせないのだ。

「今！」

さらには片膝をついていたソニアが立ち上がり、盾の縁を楓の脾腹に打ち込んだ。びくびくと痙攣しながら転がった楓に、今度はメリルが飛びかかる。

「三連携！」

そしてメリルは自分の右手中指に嵌められていた指輪を素早く外すと、楓の左手を持ち上げてその薬指に無理やり嵌めた。

「成功！」

メリルが叫ぶや否や、楓の顔に表情が戻る。メイプルから楓に切り替わったのだ。

オーバーフィーリングからここまで、一瞬だった。その一瞬に起こったことを、奥村はうまく把握できていないようである。

「なんだ！　なにをした！　いや、そうか……！」

「指輪を嵌めることで同格以下の指輪からの命令はキャンセルできるメリルよ。これで楓ちんは正気に戻るはず」

「メリルさん！」

ソニアの警告が飛ぶのと、メリルが兎のように跳ねるのと、楓が刀を一閃させるのはほとんど同時だった。ひらりと宙返りしたメリルが隼平の隣に着地を決める。

「ああ、びっくりした」

そんなメリルに声をかける余裕が、隼平にはない。まだオーバーフィーリングの余韻が残っているのか、楓は顔を赤くしながら息苦しそうにあえいでいる。

「どういうことだ。正気に戻ったんじゃないのか？」

「うーん、指輪が同格だから、命令とそれをキャンセルする強さが拮抗してるのかな。となると、あとは本人の意思次第だけど……」

「だけど？」

「もともと、魔法使いは管理されるべきって思想の子だから……」

「そんな……」

一方、そんな楓の様子を見て奥村も余裕を取り戻したようだった。

「いいぞ！　メイプル、いや、楓君！　僕の声を聞け！」

すると楓が奥村を振り返った。それが実に悩ましげな目をしている。

「先生、なぜ……私に人を傷つけさせたのですか？」

「すぐに忘れさせてあげよう。さあ、その指輪を外して、こっちに渡せ」

奥村はそう云って自らの指輪に念じたようだが、楓に嵌められたメリルの指輪がその命令を打ち消している。しかしそれも完全ではない。二つの指輪の狭間で、楓は揺れていた。

「答えてください。なぜ……」

楓が重ねて問うと、奥村はその表情を一変させ、怒りを剥き出しにした。

「信用できないからだ、誰も！　マスター・トリクシーは計画を大きくしすぎて失敗した。支配の魔法のことを知っているのは少なければ少ないほどいい！　極少数の限られた者たちだけで、ひそかに行うべきなんだ。だから昔の敵と仲間には退場してもらった！　やったのは君だぞ！　君が彼らの意識を断ち切って、死にも等しい眠りを与えたんだ！」

その現実に刺されて、楓は胸を刃物で何度もえぐられているかのように呻いた。そんな楓を見て、奥村は一転、飴と鞭を使い分けるように優しく微笑みかけて云う。

「でも、僕が命令したんだ。君はなにも悪くない」

「先生……」

「君のしたことの責任は、すべて僕が取ってやる。戻ってきたまえ」

楓が一歩、奥村の方へと近づいていった。それを見てソニアがたちまち殺気立つが、そのソニアの腕を掴んで制したのが、メリルだった。

「メリルさん？」

「待って」

メリルはソニアの腕を掴んだまま、楓の後ろに立った人物を見ていた。隼平が、苦悩にきらめく目をして楓の背中を見つめている。

「本当にそれでいいんですか？」

奥村の方へ行きかけていた楓が、つと足を止め、隼平を振り返った。いや、振り返ってくれた。ここが彼女を指輪の支配から解き放つ瀬戸際なのだ。隼平はそう悟ると、自分の心をぶつけてやろうと思って、大きく息を吸った。

「魔法使いは大きな力を持っているから義務と責任がつきものだって、だからちゃんとしろって、俺にさんざん説教したじゃないですか。それなのになんだよ」

「隼平……」

「魔法使いは管理されるべき？　それが社会に果たすべき義務と責任？　でも命令されてやっただけだから全責任は命令した奴にあって、自分は都合よく記憶を消してもらって人を傷つけたことすら忘れてるって、あんたが一番無責任じゃないか！」

「でも、母様が……」

「母親は関係ねえ！」

隼平のその一喝に、楓の全身が小さく跳ねた。びくりと怯えたようだった。

実際のところ、自分の母親を殺してしまった事実が大きくないわけはない。だが、そこで躓いてほしくなかった。一生その十字架を背負って、一生自分を責め続け、そのために自分の一生を他者に委ねるのでは、いったいなんのために生まれてきたのだろうか。

「俺は嫌だよ。根性の塊みたいだと思ってた楓さんが、実は根性なしだったなんてさ」

そう云って隼平が笑うと、楓は目を丸くし、それから小さく唇をほころばせた。

「根性なしか……そうだな、それは私も、嫌だな」

「でしょ？」

「しかし……」

楓はずっと手にしていた刀を両手で持つと、それを肩に担ぐようにして自分の首筋にあてた。その行為に隼平は凍りついた。

「楓さん」

「私は知らないうちに何人傷つけたんだろう。大勢が何年も意識不明なんて、どう償えばいいのだろう。近藤先生にも大怪我を負わせてしまった。その事実に向き合ったら、もうこれしか思いつかない。それともおまえは、これも根性なしの所業だと思うか？」

「思わない。でもそれは駄目だ。駄目な結論だ。俺が厭なんだ」

隼平がそう我を張って楓に迫ると、楓はいやいやをするようにかぶりを振ったが、隼平は構わずに近づき、楓の右腕を掴んだ。そのとき楓の頬を涙が伝った。

「とても生きていけない」

「俺が全力で支える」

勢い任せの出たとこ勝負でそう云ってのけた隼平は、まるで約束を交わすかのように、楓の唇に自分の唇でそっと触れた。それはついばむようなキスだった。

楓は目を丸くし、それから咲って隼平を左手で突き飛ばすと、

「よくも、私の唇を奪ったな」

そう云って、素早く両手に持った刀を振り下ろした。それは隼平を斬ると見えて空間を斬り、空間の裂け目の向こうに見えた奥村の左手薬指に嵌まっている指輪を斬った。

空間をゆがめて、奥村に傷をつけることなく指輪だけを斬ったのだ。

真っ二つに割れたゴールドの指輪が地に落ちたとき、奥村は初めてそれに気づいて自分の手を顔の前まで持ってきた。

「な！　な！　なあっ！」

そんな奥村を、楓は残念そうな顔をして肩越しに振り返った。

「さよなら、奥村先生……」

「なぜだ！」

そう声を張り上げた奥村の頭を、小さな手が後ろから鷲掴みにした。メリルだった。

「はい、動かないでね」

「な！　メリル！　放せ、魔女め！」

怯え切った叫び声をあげた奥村はメリルの前腕をつかみ、どうにか手を外そうともがき暴れたが、メリルはびくともしない。

「いやあ、よかったよ。丸く収まって。あとは君だけだね。大丈夫、安心して。殺したりはしないから。ただこの衣装で使えるもう一つの魔法を使って、記憶と知識を壊すだけ」

「うわ……」

隼平は思わずそんな声をあげた。楓は目を伏せ、もう奥村を見ようとはしない。ソニアは無表情だ。そして悪の女幹部のごとき衣装を着けたメリルが、唇をゆがめて嗤う。

「サイコルイン！」

光り輝く魔力の波動が浄化の稲妻となって、奥村の脳髄を真っ白に染め上げた。

◇

トワイライトゾーンが解除され、隼平たちは魔導更生院地下にある例の独房に戻ってきた。奥村は両膝をついたまま項垂れてぼんやりしていて、なにかぶつぶつ云っている。その様子を見て、隼平は不安になってきた。

「おいメリル、これ大丈夫なのか？」

「うん、平気平気。彼は今、記憶の整理をしてるの。なくした記憶の辻褄合わせを、脳が自動的に行っているんだよ。それが済んだら正気に戻るはず。それより……」

メリルはソニアが蹴破った、独房の扉の方を見た。いつからいたのだろう、そこに一人の男が立っている。その姿を見て、隼平は全身の血が深い怒りでざわめくのを感じた。

「あんたは……」

「父様」

楓がそう云ったように、それは楓の父でありこの魔導更生院の次長でもある土方歳三郎であった。先ほどエレヴェーターの前ですれ違った彼がなぜここにいるのか、いやそれよりも、彼の楓への仕打ちに腹が立って、隼平は突っかかっていこうとした。

そんな隼平の手をすばやく掴んで引き留めたのがソニアであった。

「落ち着いて。まずは話を聞きましょう。あなた、なぜここに？」

「そこの魔女に呼ばれたのだよ」

歳三郎に魔女と呼ばれたメリルが一つ頷いて云う。

「ソニアちゃんが隼平を助けに飛び出していったあと、メリルが寄り道して声をかけておいたの。ここの偉い人だし、色んな意味で関係者だから、後始末をお願いしようと思って」

「待てよ、メリル。なにが後始末だ。ひょっとしてこいつが黒幕なんじゃないのか？　だってそうだろう。こいつは指輪のことを知ってたし、奥村の上司だったわけだし……」

「なにか誤解があるようだな。まずは情報を確認したい。それに奥村君は、これはいったい、どうしたことだ？　君たちは彼になにをした？」

そう云いながら部屋に入ってきた歳三郎を、隼平は怒りを込めて睨みつけていたが、ソニアにしっかりと手を握られているので、飛び出そうにも飛び出せない。

そのうちにメリルが一連の事件に関する説明をし始め、それに受け答えする歳三郎の反応を窺っているうちに、どうやら彼は、忌々しくも潔白だと云うことがわかってきた。

やがてメリルの話が終わり、事態の一切を了解した歳三郎は深々とため息をついた。

「魔女メリルの電波ジャックのときの話を聞いて、もしやとは思っていたが、まさか奥村君が本当にそんなことをしていたとはな……」

その他人事のような物云いに、隼平は黙っていられなくなった。先ほどから目を伏せてなにも云えずにいる楓のためにも、云わねばならぬと思って叫んだ。

「おい！　おまえ、嘘をつくなよ！　なんにも知らなかったって云うのか！　おまえは十年前に楓さんを、自分の娘をマスター・トリクシーに引き渡した！　それで奴隷の印を刻まれた楓さんが戻ってきて、おまえは楓さんから支配の指輪を受け取ったはずなんだ。その指輪を奥村が持ってた。それはなぜだ？　答えろよ！」

するとと歳三郎は数秒の沈黙を挟み、重い口を開いた。

「……十年前、奥村君は私に云ったよ。自分はマスター・トリクシーに騙されて、邪悪な陰謀に加担してしまった。その償いをしたい。指輪と楓を自分に託してほしい。楓が過ちを犯さぬよう、自分が正しく導くから、と」

それを聞いて、隼平の手を握るソニアの手の力が増した。

「それを信じたんですの？」

「いや、彼が嘘をついているのはその場でわかった。彼はきっと、指輪と刻印を分析して支配の魔法の研究を引き継ぎたかったのだ」

「そ、それがわかったのなら、なぜ！」

気色ばんでそう声を荒らげるソニアに、歳三郎は冷淡に云う。

「それでもいいと思ったからだ。だから私は彼を信じたふりをして、楓が寄越した指輪を奥村君に託した。しかし云っておくが、彼が本当はなにを考えていたのか、この十年なにをしていたのか、私は確認していない。さっき云ったことも、あの時点では私の推測に過ぎない。だが失敗だった。まさか楓を暗殺者のように使って、罪のない人を傷つけていたとはな。本当に失敗だった。申し訳ない……」

それが本当に哀切（あいせつ）を帯びていたので、隼平は怒りと、それに等しい戸惑（とまど）いを覚えた。

「なに嘆（なげ）いてるんだよ。だったら、そんなことにならないように、あんたが父親として、娘をちゃんと見てやるべきだっただろうが！　なのに、なんで！　なんで……」

あんまりにもやるせなくて、不覚にも涙がひとつぶ零（こぼ）れてしまった。そんな隼平と手をつないだまま、ソニアが云う。

「なるほど、理解しましたわ。なんのことはありません。あなたは父親としての責務を放棄したのです。娘が、楓さんが、恐（おそ）ろしかったのでしょう」

すると歳三郎は驚きに目を瞠（みは）り、それから観念したような泣き笑いを見せた。

「幼い娘が、事故とはいえ妻を殺（あや）めてしまったときの、私の気持ちがわかるか。私は娘が化け物に見えて、彼女が生まれてきたことをなかったことにしようとした。座敷牢に閉じ込め、存在を忘れた。マスター・トリクシーがどこからか楓の存在を聞きつけ、引き渡すよう打診してきたときも、きっとろくなことにならないだろうと思いつつ、娘を持っていってくれるなら構わないと思って引き渡した。やっぱり、ろくなことにはならなかった」

その血を流すような告白のあとで、歳三郎は初めてまともに楓を見た。

「楓、こっちを見なさい」

すると、さっきからずっとうつむいて黙っていた楓も、勇を鼓したように顔をあげて、父親の視線を正面から受け止めた。

「父様……」

「おまえの友達は、私が父親としての責務を放棄したと云った。その通りだ。私はおまえに関する責任の一切をマスター・トリクシーに押しつけ、奥村君に押しつけ、そしてどちらも失敗した。事ここに至っては、私ももう逃げるのはやめにしよう」

歳三郎はそう云うと、背広の懐から一枚の札を出した。呪符だ。歳三郎がその呪符を握りつぶすと、その手に一振りの日本刀が出現する。魔力で構築したものではなく、呪符のなかに収納しておいたものだ。その刀を抜きながら、歳三郎は淡々と云う。

「あのとき、おまえが母親をその手にかけてしまったとき、私はおまえを殺して腹を切るべきだった。それを今やろう。逃げた道を戻り、投げ出したものを拾い、おまえのような鬼子を世に送り出してしまった責任を取る。それが私の、父親としての最後の務めだ」

そして歳三郎が投げ捨てた、刀の柄の音を聞いた瞬間、隼平は叫んでいた。

「馬鹿野郎！　おまえは楓さんを売ったんだ！　今さら父親面するな！　父親面したいっ

て云うなら、まず謝れよ！」

だが歳三郎は、もはや隼平を見てはいない。刀を構えて楓だけを見据えている。

「謝れよ……！」

「隼平、下がれ」

悔しげにわなないていた隼平に、楓がそう云った。

「楓さん……」

「ありがとう。でも、私に任せてほしい」

そうはっきり云われては、これはもう誰にも邪魔できないことだった。

そして親子が対峙する。歳三郎は暗く冷たい目をして、楓に一歩迫った。楓はそんな父親に向かって、静かに、堂々と云う。

「父様は正しい。間違っていない。なにもかも、全部、母様をこの手にかけた私が悪い。今日までそう思って生きてきました」

一瞬、隼平は楓が大人しく父親の手にかかって死ぬことを選ぶのかと思った。だが楓はそのとき全身に鬼気をまとって、手にしていた刀を父に向かって構えた。

「しかし私も、もう子供ではありません。自分のしたことの責任は、自分で取れる！」

「父に背くか」

「死ねと云うなら背きます。私は、生きる。私の後ろには支えてくれる人がいるので、たとえ父様が相手だって、負けません」

その瞬間から戦いは始まっていた。まだお互い見合ったままで動きはしない。けれど互いの戦意が不可視の刀となってぶつかりあい、精神が烈しく火花を散らしている。

先に動いたのは歳三郎だった。それを受けて楓も前に出る。すれ違いざまに二人は斬り合い、闇を裂く歳三郎の剣と、闇を払う楓の剣が覇を競った。そして。

「うきゃっ！」

足元に、折れた刀の先端部分が飛んできて、驚いたメリルが隼平に抱き着いてきた。隼平はメリルの肉体の柔らかさを感じつつも、視線と意識は楓に注いでいる。楓の刀は美しい弧を描いて三日月のように光り、一方、歳三郎の刀は半ばから折れていた。

「刀を折られてはな……」

歳三郎が折れた刀を見下ろして力なく云ったが、楓はそれになにも答えなかった。斬り合った瞬間にすれ違った親子は、背中合わせに立っていて、正反対の方向を見ている。

「楓、この先はおまえの好きにしろ。私はおまえに、なにもしてやれない」

「……さようなら！」

楓は全身でそう叫ぶと、目の前を刀で薙ぎ払った。すると虚空に裂け目が生まれ、そこから風が吹き込んでくる。どうやら空間を斬って、どこか外への通路を作ったらしい。その裂け目のなかに楓が飛び込んでいく。

そのとき涙の光りが散っていたのを見逃さなかった隼平は、自分に抱き着いているメリルを押しやると、楓を追いかけて走り出し、しかし歳三郎の前で足を止めた。そして少し迷ったが、歳三郎の顔を思い切り殴りつけた。いい音がしてこちらの拳も相応に痛かったのだが、その痛みをこらえ、殴った右手で歳三郎を指差して云う。

「いつか絶対、楓さんに謝れよな！」

そして隼平は今度こそ、楓を追いかけて次元の裂け目に飛び込んでいった。

「後始末、よろしく。隼平さんの釈放手続きもしておくように」

「色々責任取ってね。ばいばーい」

ソニアとメリルもまた、すれ違いざまに歳三郎にそれだけ云って、楓や隼平のあとを追って裂け目のなかに入る。そして裂け目は閉じ、あとには歳三郎と奥村だけが残された。

◇

空間の裂け目を通り抜けた先は、白波が押し寄せるどこかの砂浜だった。人気はないが、午前の今、太陽が海原の方角に見えるということは、太平洋のどこかだろう。

楓は、波打ち際に一人ぽつねんと佇んでいた。

「楓さん！」

隼平が海風に逆らって楓の後ろまで駆けていくと、楓は風によって乱れる髪を押さえながら振り返った。頬に涙のあとがある。隼平はなにかを云おうとして、しかし言葉が出てこなかった。なにを云っても慰めにはならない気がする。励ましたって、それで悲しみが癒やせるのか。そんな感情のもつれに声を失っていると、楓の方が先に口を開いた。

「悲しいことがあったら海を見に来るといい。大きな海原を見ていると、悲しみが小さなものに思えてくる……昔、父様が私に教えてくれたことだ」

そこで楓は刀を砂の上に落として、右手を隼平に差し伸べてきた。

「追いかけてきてくれてありがとう。どうやら私は、嬉しいらしい」

その顔を見て、隼平は衝動的に楓を自分の胸のなかに引っ張り込んで抱きしめていた。

もうこのまま、彼女を離したくないとさえ思ってしまう。しかし寄せては返す波音と、砂を踏みしめる二人分の足音が、時間が止まってはくれないことを示していた。

「なにをまるで恋人のように固く抱きしめ合っていますの！」

その声に苦笑して振り返ると、未だ完全武装のソニアがぷりぷり怒りながらこちらに近づいてくるところだった。そのあとにはメリルが続いている。

やがて抱擁をほどいた隼平と楓の前に立ったソニアは、目に角を立てて云った。

「まったく、まったく、まったくもう！　このあと色々とやること、考えることなどあるかと思いますが、その前に一つ、はっきりさせておきたいことがありますわ！　隼平さん、あなた、わたくしのことを好きだと云いましたわよね？」

「ああ、云ったよ」

「ではわたくしと楓さんとでは、どっちの方が好きですの？」

「それは……」

隼平がソニアの視線の迫力にたじろいだとき、楓がそっと隼平の手を握りしめてきた。見ると楓が微笑んでいる。

「全力で支えてくれると、云ったよな？」

——はい、云いました。

隼平は心で返事をすると、腹を括ってソニアに眼差しを据えた。

「ここはひとつ、二人とも幸せにするってことで！」

「どうやら聖剣オーロラスパークの真の力を見たいようですわね」

「私は別にそれでも構わんが……」

楓の言葉に、オーロラスパークを突きつけかけていたソニアは片膝をつきそうになった。

「ちょっと、楓さん！　あなたねえ！」

そうわめくソニアに、メリルがくすくすと笑いながら云う。

「まあいいじゃん。楓ちんには隼平しかいないんだし。そうでしょ、ソニアちゃん？」

ぐ、と喉の奥で呻き声を漏らしたソニアは、楓に詰め寄ろうとしていたのがぴたりと足を止めると、逃げるように視線を逸らした。一方、隼平は小首をかしげている。

「楓さんには俺しかいないって、なんの話だ？」

「純潔を守る魔法のことだよ！」

「ああ、それってエロ魔法のヴァージン・プロテクトか。自分以外とはエッチなことができなくなると云う、コメントに困るやつ。でもそれなら解除すれば……」

するとそのとき、ソニアが隼平を見て無念そうに云った。

「……まことに申し上げにくいのですが、それは恐らく不可能ですわ」

「えっ？」

と、呆気にとられた隼平をよそに、ソニアはメリルに憂い顔を向ける。

「メリルさん。あなたは奴隷の刻印を引き継いだ子供が生まれる事態を防ぐため、ヴァージン・プロテクトを、純潔と貞操を守る魔法として応用的に使ったわけですわよね」

「うん、そうだよ。ほかに手がなかったからね。応急処置ってやつメリル」

「まあそれはいいでしょう。しかしヴァージン・プロテクトは本来、魔王が『もう一生、自分以外の男性とはエッチなことができません』という魔法なのです。ここで問題。魔王の視点で見た場合、その魔法を解除する必要がありまして？」

「ないね」

「それが答えですわ」

一瞬、四人のあいだに沈黙が落ちた。なるほど、多くの女性を奴隷的に支配していた魔王ゼノンである。ヴァージン・プロテクトの解除など、彼は考えもしなかったろう。そのまま沈黙が長引いていると、ソニアがふと思い出したように云った。

「ライトフェロー家にしたところで、我が祖アルシエラと魔王とのあいだに子供がいなければ、勇者の家系もわたくしもこの世にはなかったでしょうね」

「じゃあ楓さんたち、将来どうすんの？」

「子供を持つだけが人生ではありませんでしょう」

そう云ってソニアはふいと目を逸らしたが、そのときメリルが楽しげな声をあげた。

「大丈夫！　ヴァージン・プロテクトは魔王以外とはエッチなことができない魔法なんだから、魔王の転生である隼平となら、たぶんできるメリルよ」

「……ん？」

今どういう理屈を云われたのか、隼平はすぐには理解できなかった。理解したときには、途轍もなく重い荷物が背中にずしりとのしかかってくるような感じがした。

「え、えええええっ！」

「ふふっ。そういえばメリルも自分で自分にヴァージン・プロテクトをかけてるんだよ。十年前、楓ちんたちにかける前に自分で実験したの。だから隼平、いつか責任取ってね」

「それで俺に責任が発生するのはおかしいだろ！　ていうか、待てよ！　ヴァージン・プロテクトって、楓さん以外の九人にもかけられてるんじゃなかったっけ？」

「うん、そうだよ。だから隼平にはがんばってほしいの。早く一人前のエロ魔法使いになって、奴隷の刻印を消せるようになったら、みんなと結婚してほしいメリル！」

「うおおい！　駄目だろそれ！」

「なんで？　隼平以外とはエッチなことができないんだから、彼女たちがみんな隼平のことを好きになったら、みんな幸せで万事解決じゃない？」

「まあ、私は別にそれでも構わんが……」

「わたくしは、そのようなこと認めません！　まあ楓さんのことは正直好きですから、百歩譲って大目に見るとしても、ほかの九人は審査が必要ですわ！　審査が！」

そう稲妻を迸らせるように激昂するソニアを見て、メリルが首をかしげた。

「なんでソニアちゃんが仕切るの？　君はヴァージン・プロテクトかかってないよね？」

「正妻面か、ソニア。それなら今ここで隼平のことが好きだとはっきり云ってみろ」

ひきっ、と喉の奥で呻き声のようなものをあげたソニアが、ゆっくりと視線を巡らして隼平を見てくる。隼平も彼女を見返し、二人の顔がみるみる赤くなっていく。そうして見つめ合うことに限界を感じたのか、ソニアが激しく云った。

「認められませんわ！」

それで隼平は、結局いつものソニアかと思って微苦笑した。しかし。

「でも……」

「でも？」

そう訊ねた隼平のところへ蓮歩を運んできたソニアは、隼平にそっと耳打ちをした。

「すべてのエロ魔法を使いこなせるようにならないと奴隷魔法にもその刻印を消すことにも着手できませんから、今度わたくしとヴァージン・プロテクトに挑戦してみましょうか」

「え、それって……」

どういう意味か訊ねようとした隼平の唇を、ソニアはその可憐な指先で黙ってふさいだ。

隼平は海に向かって叫びたかった。

エピローグ

八月三十一日の午後、隼平は強い海風の吹きつけてくる某空港の展望デッキにいた。大勢の空港利用者でごった返すそのデッキの片隅で、離着陸を繰り返す無数の飛行機を眺めている。そんな隼平の周りには、ソニアと楓、そしてメリルの姿があった。

ある飛行機が飛び立ったあと、隼平はメリルを見下ろしてしみじみと云った。

「もうすぐおまえも飛行機に乗って行っちまうんだな」

「楓ちんのお父さんのおかげでメリルの無実が証明されたから、堂々と出国できるね。と云っても、もともと魔法使いが飛行機に乗るのは大変だから、メリルいつも魔法で変装して乗ってるんだけど。メリルが指名手配されたままでも関係なかったんだけど」

さらりと犯罪行為を告白しながら、メリルは片手に持った携帯デバイスでネットニュースを見ていた。そこには土方歳三郎が逮捕された事件の顛末が纏められている。

あのあと、隼平たちが魔導更生院を脱出したその日の午後、近藤教諭に重傷を負わせた事件の犯人として歳三郎が名乗り出た。彼はそれらしい動機と当日の行動をでっちあげて、この夏に起きたすべての事件の罪を自分一人で背負ったのである。

「メリルさんは奥村先生の記憶を破壊することで騒動の解決を図りましたが、それだと奥村先生は、おおやけになっている事件について責任の取りようがありませんからね。あの方、楓さんのことを奥村先生に丸投げしていた償いもあって、一人で罪をかぶったのではないでしょうか」

とは、ソニアの言である。歳三郎が本当のところなにを考えていたのかは、隼平たちにもわからない。ただ魔導更生院の次長が魔法を濫用して殺人未遂事件を起こした件についてはかなりのスキャンダルとなり、代わりにメリルは過去の人となった。

奥村教諭は、支配の魔法に関するすべてを忘れて元の生活に戻っている。

隼平が逮捕された件については、すべて誤りとされ正式な謝罪があった。

そして実行犯の楓は、法の裁きを受けてはいない。

そのことが堪えがたいのか、暗い顔をしている楓にメリルが明るく声をかけた。

「楓ちん、まだそんな顔してるの？」

「しかしメリル殿。父様が、犯してもいない罪をかぶって投獄されました。でも本当は私がやったこと。近藤先生がお怪我をされたのも、十年前の計画に関わった人たちが依然として意識不明になっているのも、本当なら私が裁かれなければいけないのに、支配の魔法の存在をおおやけにはできないからという理由で、私は誰にも裁かれずにこうしている」

「それじゃあ気が澄まないって云うから、メリルの助手に任命したんでしょ」

メリルはそう云って、楓の左手を指差した。その薬指には、メリルが渡したゴールドの指輪が嵌まっている。楓がこの指輪をしている理由は二つ。一つは、支配の魔法による命令から自分を守るため。もう一つは、この指輪をレーダーとして他の指輪を探し出し、破壊するというメリルの旅に同行すると決めたからである。それが隼平にはつらかった。

「……楓さん、本当に行っちゃうんですね。学校まで辞めて」

「ああ。真実を知ってしまった以上、もうただの学生として学校に通うなんてことはできない。近藤先生には先日お見舞いに行って、真実を話せぬなりに謝罪を申し上げたが、父様が逮捕されたことで逆に気遣われてしまった。そしてまだ私の切断魔法で意識を失った人がいる。メリル殿の助手として世界を旅しながら、彼らを目覚めさせる方法を探すさ。これで償いになるとは思わないが、なにかしていなければたまらないんだ」

隼平としては、指輪の力で意思を奪われ、奥村の操り人形となっていたあいだに犯した罪など不問だと思った。しかし楓は自分で自分を許せないらしい。だから来春の卒業を待たずして、旅立つと云うのだ。

寂しげな顔をしている隼平を見て、楓が目を弓のように細めて笑う。

「なに、また会えるさ。次に会ったら、そのときは私をもらってくれ」

　そうはっきり云われて、これはもうなにか覚悟のある返事をしなくてはいけないと隼平が腹を括ったとき、稲妻の瞳をしたソニアが隼平と楓のあいだ割って入ってきた。

「お待ちくださいまし。そのときは、わたくしと楓さんとで一勝負いたしましょう。わたくしも考えに考え抜いて覚悟を決めました。楓さんのことは認めますとも。でもおばあちゃんになるまで仲良くやっていくためには、序列を決めておいた方がいいと思いますの」

「ほう、面白いじゃないか。いいぞ、望むところだ。上下関係を決めるのは私も嫌いじゃない。なんなら今からでもやるか？」

　そのまま女二人が睨み合い、殺気立ち、すわ激突かと思って隼平が三斗の冷や汗を流していると、メリルがふと思い出したように云う。

「そろそろ飛行機の時間メリル」

「お、おお！　そうか、時間か！　それなら早く行かないとな！」

　隼平はメリルの言葉に飛びついていた。自分が二人の女性を同時に愛しかけているのがいけないのだが、ともかくさっさと楓とソニアを引き離した方がいい。

　果たして、メリルは楓の手をつかんで引っ張り出した。楓はちょっと抵抗する気配を見せたが、やがて微苦笑すると諦めたようにメリルに手を引かれ、空港の建物の方へ歩き出しながら、上半身だけで隼平を振り返って云う。

「隼平、しばらくはメールだけだ。けじめをつけるまでは、いちゃいちゃするのもおかしいからな。だが忘れないでくれ。私たちはまた会うぞ」

「それはもちろん」

「じゃねー、隼平。がんばって一人前のエロ魔法使いになってね！」

メリルのそんなにぎやかな声を最後に、二人はその場を去っていった。

二人の姿が見えなくなると、ソニアはふうとため息をついて云った。

「もし将来、楓さんと本当にあのその……とにかくなさるのでしたら、その前に楓さんに刻まれた奴隷の印をなんとかしなくてはいけませんわよ？」

「わかってる。奴隷の刻印なんか、消してやるさ。楓さんだけじゃない、まだ会ったことのないほかの九人の女の子も、支配の魔法から解き放ってみせる」

隼平のその言葉に、ソニアは瞳を輝かせて笑った。

「意気軒昂で実によろしいですわ！　それならば必ず成し遂げてみせなさい！　エロ魔法を極め、楓さんを含む十人の少女の体から、奴隷の刻印の完全なる抹消を！」

「おう！　そしてレッドハート・ブレイブの一員になってやる！」

隼平は澄み切った青空に向かってそう志を立てた。この青い無窮の空を見ていると、自分たちの悩みなど小さなもので、すべては善いように纏まるような気がしてならない。

なおメリルが指輪を探す傍ら残り九人の被験体を探し出し、転校生として日本の魔法学校に送り込んで隼平に接触させ、あわよくば惚れさせて円満解決を図るハーレム大作戦を既に始めているなど、今の隼平とソニアには知る由もなかった。

「さ、わたくしたちもそろそろ行きましょうか」

「そうだな」

隼平は一つ頷いて歩き出した。

のちに楓たちの肉体から奴隷の刻印を消し去り、魔王の力を使いこなせるようになったことで顕現した『真なる王の指輪』で全世界に散らばった指輪に自壊を命じ、ソニアを筆頭に十二人の花嫁を娶ることになるエロティカル・ウィザードの、これが第一歩である。


（了）

あとがき

はじめまして、太陽ひかると申します。

このたびは、この本をお手に取っていただき、誠にありがとうございます。

本作は『メリル・レッドゾーン』というタイトルで第13回ＨＪ文庫大賞の銀賞を受賞したものを改稿し、タイトルも改めた上で出版と相成りました。この物語を書いたのは私ですが、これがこうして本になっているのは、万事にわたり御尽力いただいた担当様、ＨＪ文庫編集部の皆様、先輩作家の皆様、校正様、素晴らしいイラストを描いてくださった真早先生、そしてこれまでＨＪ文庫を支えてくださった読者の皆様のおかげだと切に感じております。重ねてお礼申し上げます。

昔は力と自由が欲しかったはずなのですが、今は自分の無力と周囲の支えを感じるばかりで、誰にも頭が上がりません。それでも小説を書いていくことだけは変わらないと思うので、どうぞこれからの太陽ひかるを見ていてください。

それでは次の本でお会いしましょう！

……と、さっくり終わりたいところなのですが、もうちょっと書いてページを埋めないといけません。

そんなわけでフリートークです。

まずは作品について。

本作は現実の世界をベースに「もしも魔法があったら？」という仮定で脚色した歴史を辿ってきた、魔法使いが社会的に認知されている現代日本を舞台としております。主人公は魔法学校に通う落ちこぼれ。そこでヒロインと出会い、バトルがあり、勇者と魔王があり、そしてなによりお色気があるという盛りだくさんの内容になっております。

特にお色気という部分は真早先生のハイクオリティなイラストによって超パワーアップされておりますので、是非ご覧ください！　読者の皆様にも必ずや満足していただけるものだと確信しております！

次は、ペンネームについて。

太陽ひかるという名前は「覚えやすくて明るいイメージがいい！」という考えでつけたのですが、今にして思うと自ら太陽を名乗るのはおこがましかったかな、と。でもこの名前で活動して十年くらいになるので、もう最後まで太陽ひかるで通そうと思います。

ちなみに活動というのは、オンライン小説です。私もインターネットでいくつか小説を公開しておりまして、なかでも『千の剣の覇を競え！』と『バーチャルレーシング、オンライン・フォーミュラ！』はオススメです。よろしかったら検索してみてください。ツイッターもやってますので、フォローしていただけたら嬉しいです。

タイトルについて。受賞時のタイトルにレッドの三文字が入っていたので、「この作品のイメージカラーは赤だ！」と意気込み、授賞式にも赤いネクタイを締めていったのですが、タイトルは変わってしまいました。でも今の方がいいタイトルだと思います。12人の花嫁がまだ揃っていないのは心苦しいのですが、シリーズが続いていけば全員出ますので、応援よろしくお願いします！

イラストについて。真早先生、マジでありがとうございます。メリルのコスプレのイラストが全部揃っているのを見たときは本当に感動しました。いただいたイラストは全部宝物にします。

校正様。お名前を存じ上げませんが、最後のブラッシュアップをお手伝いいただき、ありがとうございます。まさにプロの仕事で、勉強させていただきました。

同期の皆様。授賞式は緊張しつつも楽しかったですね。またお会いできる日を楽しみにしております。

授賞式の日、快くサインに応じていただいた榊一郎先生、たくさん話を聞かせてくださった鏡裕之先生、夜も遅いのに東京に不慣れな我々をホテルまで送ってくださった翅田大介先生、二次会へ連れて行ってくださった先輩作家の皆様。ありがとうございました、楽しかったです。

担当編集者様。いつもお世話になっております。的確なアドバイスと丁寧な仕事でとても頼りになります。読者の皆様にもわかるようにお話ししますと、この小説は受賞時からかなり加筆修正しているのですよ。それで楓の出番がめちゃめちゃ増えました。トータルで見ても受賞時より格段によくなったと思います。それもこれもすべて担当様のおかげです。これからもよろしくお願いいたします。

最後に読者の皆様。この物語で少しでも楽しんでいただけたなら、それ以上のことはありません。叶うなら、二巻で再会できたらと思います。

それではまた。

令和元年十二月吉日　太陽ひかる　拝

HJ文庫 http://www.hobbyjapan.co.jp/hjbunko/
864

エロティカル・ウィザードと12人の花嫁 1

2020年2月1日　初版発行

著者――太陽ひかる

発行者―松下大介
発行所―株式会社ホビージャパン

〒151-0053
東京都渋谷区代々木2-15-8
電話　03(5304)7604（編集）
　　　03(5304)9112（営業）

印刷所――大日本印刷株式会社

装丁――BELL'S／株式会社エストール

Printed in Japan

ISBN978-4-7986-2122-7　C0193

ファンレター、作品のご感想お待ちしております

〒151-0053　東京都渋谷区代々木2-15-8
(株)ホビージャパン HJ文庫編集部 気付
太陽ひかる 先生／真早 先生

アンケートは
Web上にて
受け付けております

https://questant.jp/q/hjbunko

- 一部対応していない端末があります。
- サイトへのアクセスにかかる通信費はご負担ください。
- 中学生以下の方は、保護者の了承を得てからご回答ください。
- ご回答頂けた方の中から抽選で毎月10名様に、
HJ文庫オリジナルグッズをお贈りいたします。

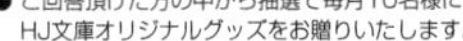
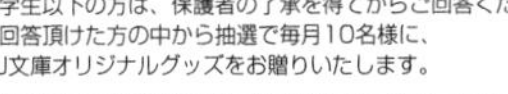